인생이모작 프로젝트

인생이모작 프로젝트

초판 1쇄 발행　　　2014년 8월 6일
초판 2쇄 발행　　　2015년 3월 27일

지은이　　　권 순 욱
펴낸이　　　손 형 국
펴낸곳　　　(주)북랩
편집인　　　선일영　　　　　　　　편집　　이소현, 이탄석, 김아름
디자인　　　이현수, 김루리, 윤미리내　　제작　　박기성, 황동현, 구성우
마케팅　　　김회란, 박진관, 이희정
출판등록　　2004. 12. 1(제2012-000051호)
주소　　　　서울시 금천구 가산디지털 1로 168, 우림라이온스밸리 B동 B113, 114호
홈페이지　　www.book.co.kr
전화번호　　(02)2026-5777　　　　　팩스　　(02)2026-5747

ISBN　　979-11-5585-304-7 03810(종이책)　　　979-11-5585-305-4 05810(전자책)

이 도서의 국립중앙도서관 출판예정도서목록(CIP)은 서지정보유통지원시스템 홈페이지(http://seoji.nl.go.kr)와
국가자료공동목록시스템(http://www.nl.go.kr/kolisnet)에서 이용하실 수 있습니다.
(CIP제어번호 : 2014022594)

과속 인생에서 **정속 인생으로**

인생이모작 프로젝트☆

권순욱 지음

북랩 book Lab

사람은 많은 일을 겪으며 살아간다. 일상의 즐거움, 가정의 소중함, 취미생활에서의 성취감이 있었고 어려운 때도 있었다. 이 책은 보다 나은 행복을 찾아 노력하며 살아가는 삶의 이야기다.

인간답게 사는 데에 필요한 것은 '사랑할 사람과 할 일', 이 두 가지라고 할 수 있다. 그 대상이 가족, 친구일 수도 있고 직장 일일 수도 있으며 애완동물을 돌보고 텃밭에 농작물을 재배하는 과정이기도 하다. 머릿속에 잡다한 걱정거리와 이기심을 정리하는 일이라 생각한다.

하루를 긍정적인 마음가짐으로 시작하면 온종일 기분이 밝고 바쁜 일과를 마친 후 잠자리에 들면 이루 말할 수 없는 행복한 시간이다. 그리고 아침에 일어났을 때, 맞이했던 어제보다 조금 더 나아진 세상을 느끼며 또 다른 하루의 출발점이 된다. 우리가 소망하는 일상이다.

현실은 생각만큼 녹록치 않고 뜻대로 되는 일이 하나도 없는 것처럼 여겨질 때가 있다. 시련은 누구에게나 찾아오는 법이다. 시련에 부딪혔을 때, 불평불만을 쏟아 내고 상황이 호전되지 않을 것처럼 안절부절 못하는 게 사람이다.

현실을 상대하는 보다 쉬운 방법은 피하는 것이 아니라 있는 그대로 받아들이고 정면으로 부딪치는 일들이, 자신을 보다 강하게 단련시키는 사전답사라 생각하면 100세 시대를 사는 세상에서 큰 힘이 되지 않을까?

세상사가 뜻대로 돌아가지 않다고 불평해본들 주변 사람들의 귀만 따갑게 할 뿐이고 기분만 상할 뿐이다. 짜증을 내고 비판할수록 자신이 더욱 초라하고 성가신 존재가 되고 말 것이다.

우리가 생각하는 행복에는 늘 조건이 따른다. 심성이 좋은 사람을 만나는 것, 돈 많이 주는 회사에 다니는 것, 근사한 집에 사는 것 등등, 이루어질 가능성이 없는 조건을 내세우고 당장 행복하겠노라고 조급히 마음먹기가 쉽다.

주변을 둘러보면 이런 조건들이 없음에도 행복한 사람을 얼마든지 볼 수 있다. 그들은 왜 행복할까? 한번쯤 생각해 볼 일이다.

일상을 꼼꼼히 챙기다간 인생이 다 지나가 버린다. 그러지 않으려면 단순하게 살아야 한다. 이 글을 읽게 될 독자는 바쁜 일상에서 한가로움과 여유를 찾아 그것으로 즐거움을 만끽했으면 좋겠다.

2014년 폭염이 내리쬐는 여름에
권 순 욱

CONTENTS

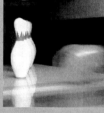

일상생활

Healing

고통은 인간을 생각하게 만든다.
사고思考는 인간을 현명하게 만든다.
지혜는 인생을 견딜만한 것으로 만든다.
〈J. 패트릭〉

'힐링(healing)'이란 사람의 상처를 치유하여 본래 온전한 상태로 회복
한다는 의미다. 외상은 치료가 쉬울 수 있지만, 마음의 상처는 쉽지가
않다. 상처 없이 살아갈 수 있는 사람은 아무도 없다. 신神이 아니기
때문이다. 천운인 것이다.

기준을 정할 수 없지만, 적당한 스트레스와 고민거리는 건강에 활력
을 준다고 한다. 마음의 상처란 대화 속에서 무의식적으로 한, 말 한마
디가 남에게 상처를 줄 수 있고 또 받을 수도 있다.

소통해서 풀지 못할 일은 세상에는 없다. 서로가 이해하면 사람의
두뇌에서 도파민(Dopamine) 호르몬이 분비돼 쾌감을 느끼게 하니, 이
도 하나의 성취이니 치유다.

healing하려면 마음을 다스리고 생활습관도 바꿔야 한다. 뜻밖에
큰 사건으로 희생당한 가족, 이를 목격한 사람들의 상처는 오랜 기간

치료가 필요하다.

요즘 healing이란 이름을 붙인 프로그램이 생겨나고 있다.

2001년 '9·11테러사건'이 발생해 온 세상을 놀라게 했지만, 조지부시 대통령이 현장에 나타나자 'USA! USA!' 조국을 연호하며 희생자의 가족과 상처 입은 시민들에게 치유의 힘을 실어주었다.

'뉴욕양키즈' 구단에서는 치유프로그램을 만들고 슬픔에 잠긴 수많은 시민을 야구장으로 불러 흥겹게 해 줌으로써 예전의 일상으로 되돌아가는 데에 큰 역할을 하였다.

2013년 '보스턴 마라톤 폭발 사건'이 발생하고서는 '레드삭스' 야구장 잔디에 시민 응원 메시지인 '보스턴 스트롱(B strong)' 문구를 새기고 경기를 하였으며 선수들은 병상의 피해자들을 찾아가 위로하였다.

이 사건이 동기가 되어 선수들이 똘똘 뭉쳐 월드시리즈 우승을 이루어냈고 마라톤 결승선 도로를 퍼레이드 하다가 우승 트로피를 사고발생 자리에 내려놓으며 선수들이 "보스턴 스트롱!"을 외치자 시민들이 국가를 부르며 눈물지었다.

존 패럴 감독은 '특별한 순간이었다. 야구를 통해 비극적인 사건의 고통을 조금은 덜 수 있는 계기가 된 것 같다.'며 실의에 빠져있던 시민들을 치유시켜 주었다.

Healing은 여러 사람이 힘을 모아 노력하는 데서 치유할 수 있다는 메시지를 주고 있다.

바쁘신 분은 피해 가세요

아무것도 하지 마세요.
오직 운전만 하세요.
〈공익광고〉

〈바쁘신 분은 피해 가세요.〉 어린 아이를 태우고 운전하는 한 여성 승용차 뒤 유리에 붙인 스티커(Sticker) 문구이다. '초보운전'은 여러 차례 본 적 있지만, 처음 접하는 글귀다. 다른 운전자를 배려하는 아이디어가 독특한 분이 아닌가 싶다.

처음 운전대를 잡았을 때 일이다. 집에서 사무실까지는 서너 번의 차선 변경을 하고 가는 복잡한 도로이다.

운전강사에게 배우기를, 중간 차선을 이용하되 운전이 익숙해질 때까지는 백미러에 차량이 보이면 주행방향을 바꾸지 말라 했는데, 러시아워에는 그럴 수가 없다.

신호등 앞에 정지하였다가 차선변경을 시도하기로 용기를 냈다. 방향 지시등을 조작하고서 옆 차량 사이로 서서히 핸들을 돌렸다. 옆 차선 운전자가 양보해 주었지만, 끼어들기 한 것일까? 진땀을 뺐다.

일과 시간이 끝나고 모두 퇴근한 뒤 혼자서 '차를 놓고 가야하나'를 걱정했다. 후배 동료가 동승하겠으니 같이 가자는 것이다.

불안한 마음으로 시동을 걸었다.

'오른쪽 깜빡이를 켜세요. 옆 차선에 자동차가 없습니다. 핸들을 돌리세요. 정지했다가 파란불이 켜지면 직진입니다.' 조수석에 동료가 안내해 주었다.

"왜 이렇게 어둡지?" 혼잣말을 했다.

"라이트를 켜야지요." 동료가 답답해하며 한 말이다. 어느새 해가 저물어 어두워진 상황을 알 리가 없다. 긴장감이 이만저만이 아니었다.

운전대는 내가 잡았지만 자동차를 부린 건 동료였다. '이렇게까지 하며 운전대를 잡아야 하나?'라는 생각이 들었다. 고역도 이런 고역이 없다.

그러고서, 차량을 한 달가량 비닐을 덮어 세워놓았다. 운전하기가 무서운 것이다. '그러려면 목돈을 들여 뭐하려 샀느냐, 차량이 찌그러지던지 말던지 끌고 다녀야 하지 않겠느냐.'며 아내가 속상한 말을 하였다.

자존심이 상했다. 아침을 거른 채 차를 끌고 나섰다. 어둑어둑한 한산한 도로에서는 운전이 할만 했다.

돌아오는 길에 사고를 내고 말았다. 신호를 확인하고 1차선에서, 좌회전하기 위해 가속을 붙여 달리는데, 2차선에서 1차선 변경을 시도하는 차량과 부딪혀 문짝이 찌그러졌다. 거금을 들여 수리하고 한숨을 내쉬었다. 어렵사리 운전기술을 익혔다.

교통사고로 엄마아빠를 잃고서 어린 두 남매가 '자동차가 없는 세상에서 살고 싶어요.'라며 울부짖는 안타까운 모습이 생각난다. 자동차가 사람의 생명을 앗아간 무기가 된 셈이다. 가슴이 철렁 내려앉는 서글 픈 실화이다.

영국수도, 런던 '피카디리' 거리에서 있었던 일이다.

다리를 저는 장님 노파가 맹도견을 따라 횡단보도를 건너는데, 보도 에 있던 많은 시민들이 긴장한 표정으로 지켜보고 있었다.

이때, 양쪽 차도에서 진입하려던 차들은 약속이나 한 듯이 멈추어 서서 장님 노파가 지나가기를 기다렸고 한 30초쯤 지나자 사거리는 긴 장에서 풀리고 차량들은 평상시처럼 잘 소통됐고 시민들은 박수를 보 냈다. 운전자들은 손을 흔들며 서로를 격려하고 시민들은 박수를 보냈 다.(『마음의 문을 열고』 17쪽 서울시 교육청 刊) 어려서부터 학습하고 잘 길들 여진 시민의식이 아닐까?

운전은 왕도가 없고 습관이라고 말한다. 자동차가 자신의 신체 일부 라고 말할 만큼 능수능란한 사람도 뜻밖에 불상사를 경험하는 경우가 있다. 안전운전은 아무리 강조해도 과한 말이 아닌 것이다.

운전 태도를 보면 그 사람의 성격을 알 수 있다고도 한다. 세 살 버 릇이 여든까지 가듯이 첫 걸음마를 잘못 떼면, 이것이 오랫동안 되풀 이되어 저절로 행동 방식이 되고 만다. 평소 행동이 습관인 것이다.

최근 일이다. 양재대로 사거리에서 좌회전을 하고서 5차선 도로로 차를 몰고 가는데 덩치가 큰 캐주얼(Casual) 차량이 과속으로 돌진해 꽝' 부딪친 상태로 1m가량 지나가서 멈추어 섰다. 순식간의 일이었다.

상황을 보니, 1차선에서 3차선까지 차선 변경을 시도 하고 4차선 도 로에 서행하는 차량을 추월하다보니 내 차량이 시야에 가려 사고로 이어진 듯이 보였다.

시간에 쫓겨 급히 가다가 사고를 냈다고 말하면서 자신의 과오를 인정하는 태도에 박수를 보냈지만, 찝찝한 마음이었다. 아무리 급해도 꼭 갖추어야 할 것은 장만해야 무슨 일이든 할 수가 있다. 목적지까지 가려면 방어운전을 해야 한다.

'빨리빨리'가 아닌 '천천히 찬찬히' 운전 습관만이 안전을 담보하고 살맛나는 교통 문화를 만들어 가는 지름길이다. 〈바쁘신 분은 피해 가세요!〉 교통안전을 계몽하는 캐치프레이즈(Catchphrase)다.

인생 100세 시대

오래 살기를 바라기보다
잘 살기를 바라라.
〈벤자민 프랭클린〉

오늘은 소꿉친구를 만나는 동창모임이다. 둥근 탁자에 자리를 잡고 앉았다.

우연인 것인지 내 옆 자리가 서빙(Serving) 상태로 비어있다. 일 년 전, 저 세상으로 떠난 친구 자리다.

학교 다닐 때 지능지수가 매우 높았고 명석한 학생으로 절친하게 지내는 먼 친인척이다.

즐겁고 힘들 때에 함께하고 서로의 마음을 이해해 주었으며 내 모습까지 사랑해 주던 그런 사람이었다.

세상을 뜨기 직전에, 좀처럼 전화하지 않던 그에게로부터 전화가 걸려 왔다.

시골에서 요양 중이라 동창 친구 혼사에 참석할 수 없으니 축의금을 대신 전달해 달라는 것이었다. 하지만 사실이 아니다. 식구들 몰래 길거리에 나와 전화를 한 것이다.

왜 그럴 수밖에 없냐고 자초지종을 따지고 물었어야 했는데 그러지 못했다. 그래서 후회를 하고 있다. 그가 말할 수 있는 대상이 바로 '나'였고, 그가 남긴 마지막 목소리가 되고 말았다.

숨을 거두었다는 연락을 받자마자 그의 영혼에게 보내는 글을 써서 달려갔다. 친구의 영정 앞에 울먹이며 좋은 곳에 머물다가 먼 훗날 우리가 너에게로 가거들랑 길 안내를 잘 해 달라고 기도하였다.

〈신곡神曲〉 천국에서, '성 베드로'가 '단테'에게 하느님의 은혜가 내려지도록 기도하였듯이 말이다.

남들은 100년을 산다고 하는데 참으로 안타까운 일이었다. 하늘이 정한 운명인 것을 어찌하겠는가!

모임을 마치고 돌아오는 지하철 에스컬레이터를 타고 올라가는데 '인간 100년 시대'라는 병원 선전구호가 한눈에 들어왔다. 일곱 사람이 걸어가는 그림 사이에 병원 건물이 자리하고 있다. 자세히 들여다보았다.

사람이 태어나서부터 나이 들어가는 형상이다. 사람이 기어 다니는 영아기, 일어서서 걷기 시작하는 유아기, 아동기, 청년기, 중년기 그리고 허리가 굽어지고 지팡이를 짚은 사람이 병원에 들어섰다가 문을 활짝 열어젖히고 힘차게 걸어 나오는 노년기의 그림이다.

의술의 도움으로 장수하자는 것이다. 훌륭한 아이디어라고 생각한다.

수년 전에 일이다. 특별히 불편한 데가 있는 게 아니지만 건강에 대해 컨설팅(Consulting)한 적이 있다. 전문가의 설명을 듣고서 특정 보험 상품을 선택하였으나 몇 가지 조건이 있었다.

보험은 재해보험과 생명보험으로 분류한다. 전자는 질병, 부상에 대한 보상이고, 후자는 사망 또는 일정 연령 이상 생존할 때 받는다.

100세를 기준으로 원하는 총 금액으로 보상계약을 체결하고 일정 기간에 상당한 금액을 납부하는 과정인데 특수조항이 있었다. 건강할 때 혈액을 채취하여 배양한 다음에 냉동 보관하다가 위급할 때에 사용한다는 것이다.

금세기 최고의 미래학자 앨빈 토플러(Alvin Toffler)는 인류의 역사를 3개의 물결로 구분하였다.

농업혁명, 산업혁명, 지식혁명에 이어 다가오는 제4의 물결 생명공학에서는 인간이 상상하지도 못하는 엄청난 일들이 벌어질 거라고 예언하였다. 그 한 예가 아닐까?

사람이 어떻게 100년 동안이나 목숨을 부지하며 살 수가 있을까?

많은 사람이 의심의 눈초리를 보냈다. 거의 불가능한 일이라고 여겨온 게 사실이다. 세상이 변해도 한참은 변했고 또 변해 가고 있다. 오래 산다는 건 좋은 일이다.

일기

인생은 하나의 실험이다.
실험이 많을수록
당신은 더 좋은 사람이 된다.
〈에머슨 일기〉

바쁜 일상에서 꼬박꼬박 일기 쓰기는 귀찮은 일이다. 재미가 없다.

귀가해 주차하고 10분가량, m기(Meter器)를 확인하고 주행거리를 메모한 다음에 일기를 쓰는 것이다. 엔진오일, 브레이크, 오토오일(Auto oil) 교환 시기 등 차량관리에 적잖은 도움이 된다.

처음엔 차량일지만 쓰다가 일기까지 쓰게 된 것이다. 장문의 글을 쓰는 게 아니다. 짧게 서너 줄이면 족足하다.

야구선수는 공을 잘 때리고 잘 받아야 하고 농구선수는 커다란 공을 링에 집어넣어야 한다. 그것이 무엇이든 잘해야 세상에서 남에게 쓰일 일이 생긴다.

"쓸모가 있는 것이다."에서 '쓸모'란 나 혼자가 아닌 남, 다른 사람에게 이로움을 주고 많은 사람이 필요로 할 때 생겨나는 '쓸 만한 가치'이다.

〈도덕경道德經〉 11장에 이런 대목이 나온다.

"찰흙을 이겨서 그릇을 만들되 거기가 비어있어서 그릇이 쓸모가 있다. 그러므로 있음이 이로움의 바탕이 되고 없음은 쓸모의 바탕이 된다." (故有之以爲利, 無之以爲用)

비어 있는 그릇의 쓰임은 채우는 것이다. 비움도 채우기 위해 필요하다.

인간에 비유하면, '찰흙'이라는 사람이 천도千度가 넘는 고열을 견디는 수련을 통해 달인 즉 '그릇'으로 변한다.

'무엇인가를 잘하는 사람'인 '그릇'의 마음속도 태어날 땐 비어 있었다.

남의 이로움을 채울 바탕이 되어 있는 것인데, 세월이 지나면서 점점 자기만을 이롭게 할 이기심으로 차오르는 일이 많아지는 것이다.

일찍이 한 사람을 사랑해 보지 못한 사람은 결코 만萬 사람을 사랑할 수 없다. 그 '한 사람'은 이기심의 시작이다. 그러나 깊이 들여다보면 그 한 사람은 나일 수 있다.

남을 사랑하는 이타심의 뿌리는 자기를 사랑하는 마음에서 나온다. 나를 사랑해야 나아닌 다른 한 사람도, 만 사람도 사랑할 수 있다.

나를 사랑하는 서너 줄의 일기를 쓴다. 이젠 써야한다는 의무처럼 됐다. 어느새 일기 쓰는 시간이 즐겁다. 사랑하는 근본으로 돌아온 셈이다.

인생살이

지금 이 순간에 최선의 노력을 할 수 있다면
다음 순간에는 가장 좋은 위치를 차지할 수 있다.
과거에 머물러서 살지 말고 미래를 꿈꾸면서 살지 말며
오직 지금 이 순간에만 집중하라.
〈오프라 윈프리〉

시간은 블랙홀(Black hole)과 같아서 모든 걸 빨아들인다. 심지어 많은 사람과의 유대관계에서 빚어진 숱한 감정들도 잊혀 지게 하고, 그 기억에 묻은 상처까지 마음을 떠나게 한다는 건 환영할만하다. 중요한 것은 '어떻게 살지?'가 화두話頭일 것이다.

실제의 인생은 내 마음만으로 이루어져 있지가 않다. 거기에는 내 마음뿐만 아니라 가지각색의 마음들이 각양각색의 방식과 모습으로 서로 영향을 주거나 받고 있다. 인생이 혼자만의 전유물이 아니기 때문이다.

우리네 인생살이의 목표가 확고하건 애매하건, 타고난 환경이 윤택하건, 보잘 것 없건, 가지가지의 것들과 형형색색의 방식으로 인연지어 살아가고 있다.

인생을 바닷가 모래에 비유한다면 파도에 이리저리 쓸려 다니며 서로 부딪혀 나는 온갖 아우성이다. 그저 모래 중의 하나일 뿐이다.

과거는 수많은 오늘의 그림자다. 기억은 현실과 괴리된 삶의 흔적이고 기억만의 삶을 살아간다. 몇 가지 한정된 기억의 조각들로 재구성된 추억만이 약간의 변주變奏를 거듭하며 반복될 뿐이다. 지난 일에 집착하며 오늘을 살 이유가 없는 것이다.

미래는 다가오는 오늘이고 내일은 닥쳐오는 오늘이란다. 오늘을 살면서 화나고, 짜증내고, 우울해 하고, 기뻐하고, 행복해하는 그 모든 것들이 결국은 복잡하게 얽히고설킨 사람들 사이에서 벌어지는 일들이다.

사람의 마음이란 물과 같다. 물은 한시도 정해진 모양이 아니다. 수도꼭지에서 콸콸 쏟아질 때, 시냇가를 흘러내릴 때, 보슬비가 내릴 때, 소나기가 퍼 부울 때, 깊은 바다 속에 고요히 가라앉아 있을 때 등등, 뒤돌아보지 않고 목적지가 어딘지 알지 못한 채 위에서 아래로만 간다. 하지만 사람은 살아갈 날만을 기다리며 갈 수 없다.

우리는 이미 태어나 살아가고 있다. 의식적으로 숨을 멈출 수 있는 사람은 아무도 없다. 그렇다고 인생을 혼자의 마음만으로 규정할 수 있는 게 아니다.

시작은 했지만 끝없이 펼쳐질 인생을 대상으로 바라보는 한 살아온 시간에 대한 성찰을 해야 한다. 그래야 앞날을 대비할 수 있기 때문일 것이다.

소중한 만남

만난 사람 모두에게서
무언가를 배울 수 있는 사람이
세상에서 제일 현명한 사람이다.
〈탈무드〉

공휴일 아침 일찍 등산복을 차려 입고 집을 나섰다. 분당 '맹산孟山' 입구에 들어서자, 등산마니아처럼 보이듯이 한 사람이 "즐거운 아침입니다.", "동행하게 되어 반갑습니다." 서로 인사를 나누었다.

그러고서 이야기하며 산길을 따라 발걸음 하는 것이다. 난 가끔씩 이 산을 오른다고 했고, 그는 전국의 명산과 알려지지 않은 산을 다닌다며 최근에 다녀온 산山에 관한 이야기하였다. 처음 들어보는 조그마한 곳이다.

그는 유명한 산만 골라서 오르는 것이 아니다. 올라본 적이 없는 산이라면 어떤 산이라도 기꺼이 오른다며 배낭에서 메모지(Memo紙)를 꺼내 '맹산'의 역사에 대해 말하기 시작했다.

맹산은 조선시대 세종이 명재상名宰相인 맹사성孟思誠에게 이 산을 하사해 불리게 된 이름이고, 산 너머에는 맹사성의 묘와 그가 타고 다녔던 소[牛] 무덤 있다고 한다. 옛날에 많은 비가 내려 천지가 대홍수로 뒤덮여 산꼭대기에 매 한 마리만 앉을 수 있는 곳이 남았다 해서 '매지봉'이라 불렀다. 높지 않지만, 신록이 피어나는 4~5월에는 소박한 모습이어서 더욱 좋다고 했다.

이렇듯, 그는 산 이름이 붙여진 역사와 특성, 등산로를 상세히 기록한다. 인터넷에 소개되지 않을 만큼 아주 낮은 봉우리도 혼자서 올라 사진을 찍고 구전으로 내려오는 풍설에 대해 쓰고 있다.

단지 건강을 위하여 산에 오른다면 그토록 이곳저곳을 찾을 필요가 없을 텐데, 그 까닭을 물었다.

"좋은 산이 따로 있는 게 아닙니다. 산마다 바위 모양, 산속에 서식하는 꽃과 나무의 종류가 다 다릅니다. 각기 특성을 지니고 있으니 산과의 만남은 언제나 새롭답니다."

일상에서 많은 사람을 만난다. 제각기 다른 취미와 개성을 가지고 있어 어떤 가르침을 주고받을 수 있는 사람들이다. 산을 만나는 그 자체가 좋고 취미라고 한 그 분과 마주하면서, 당장 '맹산에 대한 정보를 터득했으니 좋은 만남이다.

중계동 '불암산'을 오르는데 낯 익은 사람이 다가와 동행하였다. 일요일 등산길에 여러 차례 만났던 사람이다.

쉬엄쉬엄 발걸음 하다 산 중턱쯤에 다다라 쉬어 가기로 하고서 널찍한 바위에 두 다리를 쭉 펴고 나란히 앉아 서로를 소개하였는데, 그는 회사원이다.

마음을 터놓고 얘기할 수 있는 자리가 아닌지라 화제는 당연 일상이다. 그가 자신의 아파트를 손가락으로 가리키며 "우리는 하숙생입니다."라고 했다. 조금은 썰렁했지만 이야기를 듣고 보니 그럴 만한 이유가 있었다.

아침 일찍 집을 나서서 중, 석식을 해결하고 밤늦게 돌아와 몇 시간 잠자고 다음 날 새벽에 일어나 아침을 먹는 둥 마는 둥 출근하는 일과에 잘 길들여져 똑같이 반복하고 있으니 하숙생이라 부를만했다. 어느 직장인들 이와 다르겠는가, 나 역시 그러했으니 동감이 가는 말이었다.

2001년에는 토요근무를 하였다. 일요일을 뺀 평일에는 어김없이 야근을 할 수밖에 없었다. 해도 해도 끝이 보이지 않는, 마치 다람쥐 쳇바퀴 돌리듯이 바쁜 일과를 소화해 내야만 한다. 그야말로 일에 묻혀 살았다. 젊은 나이에 열심히 일하는 건 지당하다.

분위기가 무르익자 학생은 공부하기 위해 하숙을 하지만 아버지는 하숙하며 돈을 벌어들이는 기계나 다름없다 등등, 앞뒤가 꼭 막힌 이야기를 하기도 하였다.

지금에 생각하니 웃음이 절로 나온다. 한참 일할 나이의 푸념이기도 하다.

그런데 그는 회사에 요구사항이 있다고 했다. 글로벌(Global) 경영 세계화에 발맞추려면 영어를 할 줄 알아야 한다며 다음 주부터 산에 오를 수 없다고 했다. 학원에 나간다는 것이다.

그가 다니는 기업의 선전구호는 '디지털(Digital) 유목민 시대의 유능한 CEO(Chief Executive Officer) 양성'이라고 했다. 조직을 가볍게 하고 변화를 미리 예측, 감지하는 높은 시력 4.0의 강력한 능력을 가진 유목

민에 비유한 표현이란다.

　인터넷 상에 무리지어 떠도는 수많은 지식과 정보를 검색해 내 것으로 만든 다음에 최고경영자 자리에 올라 개발한 상품을 내다팔아 이익금을 창출한다는 의미다.

　하루가 멀다 않고 새로운 상품이 쏟아져 나오고 있다. 히트 친 제품은 오래가지 못해 물러가고 또 다른 기술을 적용한 새로운 제품이 출시되었다가 사라지기를 되풀이 하는 게 현실이다.

　때문에, 한 자리에 안주할 수 없고 하나의 시스템을 가지고 방만한 경영은 필요치가 않다. 유목민처럼 조직을 소규모로, 개발한 기술을 응용한 물품을 만들어 내는 일만이 살아남는 방책인 듯하다.

　S기업은 막대한 이익금 창출로 경제성장에 크게 기여하는 세계 속의 기업으로 성장했다. 그의 노고가 우리 삶을 돋구어주는 역할을 하였으리라. 아마도, 어려운 생활을 하였지만 보람을 느꼈을 것이다.

　어떤 사람이건, 만남은 소중하고 이를 통해 내 삶과 비교 대상이 되어 더 풍요로운 여생을 누릴 수 있는 값진 열매를 맺을 수 있다는 생각이다.

행복한 일상

인간은 자신이 행복하다는 것을
알지 못하므로 불행한 것이다.
〈도스토옙스키〉

세속적 성공과 물질적 풍요와 부(富)로는 행복을 살 수가 없다. 기본적인 민생고를 해결하고서야 행복을 추구하는 욕구가 생기기 마련이다. 물질적인 관점이 나쁘다고만 볼 수 없는 이유다.

가만히 들여다보면 고통이라 느끼며 불만족한 것들은 다 마음에서 나오고 만족하기 위해선 내면의 변화를 갖도록 해야 한다.

사람은 현재 자신이 있는 곳보다 다른 새로운 곳에 가기를 원한다. 집에 있을 때엔 바깥나들이를 하고 싶고, 나들이를 하면 편안한 집으로 돌아오고 싶어 한다. 마치 무지개라는 행복을 찾아 먼 곳을 헤매는 어린 아이처럼 말이다.

인생의 어느 시점이건 중요한 것은 부족함이 아니라, 부족함을 채울 수 있는 열정이 있는가의 여부이다.

부족한 점을 깨닫게 해주는 사례는 여러 가지가 있다. 미래여행이나 사전답사라고 할 만큼의 책을 읽어서 동기부여가 될 수 있고 많은 사람과의 만남을 통해 그들을 닮아 가고 싶다는 마음을 키우는 일일 것이다.

요즈음은 UB쿼터스 환경이 구축된 홀륭한 매개체 '인터넷'이 그 역할을 해내고 있다. 하고자 하는 정보를 언제 어디서나 접할 수가 있고 도움을 청하고 받을 수 있는 편리한 세상이다.

행복은 아무도 풀지 못하는 문제가 아니다. 그 누구에게도 행복은 손닿는 곳에 있다. 다만 이 사실을 알지 못할 뿐이다. 행복의 비결은 남들에게 대접받고 싶은 만큼 남을 대접하는 것이다. 그것으로 충분하다. 다른 사람을 행복하게 할 때 나도 그런 느낌을 받으니 말이다.

좋아하는 텔레비전 프로그램, 친한 친구와의 외출, 화단 가꾸기 등 나를 행복하게 하는 것이 무엇인지 잘 알고 있다. 행복해지기 위해 여유를 챙기는 것은 그다지 놀랄 일이 아니다. 알고 보면 행복은 미처 생각하지 못했던 곳에서 불쑥 찾아오기도 한다.

손톱깎이 하나를 늘 찾는데 언제라도 꺼내 쓸 수 있는 자리에 있곤 한다. 이것을 지켜보며 미처 생각지 못했던 행복감에 젖기도 한다.

다른 사람들이 도움을 주기를 바라기보다 그들을 도와 준다면 우리는 좋은 사람이 될 뿐만 아니라 보다 행복해질 수 있다. 다른 사람을 이해하려면 자신의 의견을 앞세우거나 귀를 닫지 말아야 한다.

사랑스런 가족들의 얼굴을 생각하며 행복해지겠다고 마음먹은 순간 우리는 행복해질 수 있는 용기가 생긴다.

한자 여덟 자의 교훈

탐욕을 제거하려면
먼저 그 어머니가 되는
사치를 제거해야 한다.
〈키에르케고르〉

검이불루 화이불치儉而不陋 華而不侈.

검소할(검) 말 이을(이) 아닐(불) 추할(누) 화려(화) 사치할(치).

"검소하되 누추하지는 말고, 화려하되 사치하지 말라."

한자 여덟 자가 어우러져 생겨난 말이 사람의 맘을 사로잡기에 충분하다.

선배가 이 글을 써서 이 메일로 보내 준 격언이다. 고마운 분이시다. 쉽진 않겠지만 이렇게 살아 갈 수 있다면 정말로 좋겠다. 노력해야 한다.

일찍이 공자님은 "절약하지 않는 자는 고통 받게 될 것이다."고 공언한 바가 있다.

돈을 벌어들이는 것이 힘들고 고된 일이지만 씀씀이가 더더욱 중요하다. 꼭 써야할 때 쓰라는 말일 것이다.

요즈음, 임금은 동결된 반면에 일상에서 사용하는 냉·난방비, 물 값, 가스 요금, 이동전화비, 지하철 운임과 버스비, 의료비까지 인상하려는 조짐을 보이고 있다.

제조업체에서는 원료 값이 올랐다며 생활필수품 값도 올려 살림살이가 어려워지고 있다. 허리띠를 졸라매고 지출을 줄여야 한다. 사치하고는 살아 갈 수가 없는 세상이다.

옛날, 우리 조상은 어떻게 살았는가를 살펴보자.

"돈이 없으면 적막강산이요 돈이 있으면 금수강산"

  - 살림살이가 넉넉해야 삶을 즐길 수 있다.

"홰대(옷을 걸 수 있는 막대) 밑에 더벅머리 셋 되기 전에 벌어라."

  - 자식이 많아지기 전에 부지런히 벌어서 생활 밑천을 마련하라.

"장 없는 놈이 국 즐긴다."

  - 자신의 분수에 맞지 아니하게 사치를 즐긴다.

"소금 먹던 이가 장을 먹으면 조갈병(燥渴, 입술·입안·목 따위가 타는 듯이 몹시 마름)에 죽는다."

  - 없이 살던 사람이 돈이 좀 생기면 사치에 빠지기 쉽다.

"있을 때 아껴야지 없으면 아낄 것도 없다."

  - 경제적으로 넉넉하다고 낭비하는 것을 경계하는 말이다.

"주머니가 화수분(재물이 계속 나오는 보물단지)이라도 모자라겠다."

  - 재물을 함부로 낭비하지 말라.

이 속담은 "儉而不陋 華而不侈"와 동격이다. 소상히 보면 같은 뜻이니까 말이다.

"검소하게 살되 누추하지는 말고, 화려하게 살되 사치하지 말고." 살아가라는 큰 교훈이다.

살림살이

절약은 불필요한 비용을 피하는 과학이며
신중하게 우리의 재산을 관리하는 기술이다.
〈세네카〉

차의 휘발유가 다 떨어져 간다. 출발하면서 주유한다는 생각으로 계기판을 여러 차례 들여다보면서 간다. 주유소 입구에 들어서니 많은 차가 줄지어 차례를 기다리고 있었다.

가끔 들리는 주유소인데 평소답지 않게 혼잡하다. 웬일일까? 상황을 보니 셀프(Self)로 바뀌었다. 셀프는 자아라는 뜻으로 자신의 차량에 기기를 조작해 직접 주유한다. 대신에 휘발유 값이 저렴하다.

음성안내멘트가 나오고 있었다.

'버튼(Button)을 눌러주세요. 휘발유, 경유 유종을 선택하세요. 현금·신용카드를 선택하세요. 카드를 긁어 주세요. 차량의 주유 뚜껑을 열고 주유 손잡이를 잡고 주유하세요. 주유가 끝나면 원위치하세요. 영수증을 받아가세요.'

주유 절차다. 그런데 첫 단계인 버튼을 찾을 수 없어 옆 사람에게 물었다. 자신도 몰랐다며 "모니터(Monitor) 화면에 있습니다."고 했다.

그 모니터가 수직이 아니라 비스듬히 눕혀져 있었다. 한눈에 알아볼 수 없는 구조다.

음성 안내에 '모니터 화면에서 시작버튼을 눌러주세요.'라고 했다면 금방 알아 볼 텐데 말이다. 어떤 사업이든 고객을 멀리하고는 생각할 수 없다. 고객 입장에서 서비스 하는 것인데 아쉬웠지만, 작은 돈을 절약한 셈이다.

어느 대학, 경제학부 신입생 첫 강의에서 교수가 교단에 들어서자마자 질문을 던졌다. '경제가 무엇이라 생각하느냐?'는 말에, 학생들은 "수지 타산, 이익금 창출" 등 여러 가지 답을 내놓았다.

교수는 단 한마디 '살림살이'이었다. 따지고 보면 규모만 작을 뿐이지 기업과 다르지 않다. 경제를 배우는 첫 걸음마다. 가정에서 어린아이 때부터 아껴 쓰기를 가르치는 이유가 여기에 있다.

살림살이란 세간을 갖추고 살아가는 생활이다. 흡족하든 그렇지 않든 간에 사람의 의무인 것이다.

요즈음 살림살이가 녹록지 않다. 돈 벌기가 하늘의 별을 따는 것만큼이나 어렵다 하고 수입은 거의 제자리걸음이다.

어느 나라든 경제성장률이 3.0% 이상이 돼야 일자리가 늘어나고 살림살이가 활성화될 수 있다고 한다. 2013년도 우리나라 경제성장률은 2.8% 수준에 머물렀다. 그 이상의 경제성장을 이루어 빈부차를 좁혀 풍요롭게 살았으면 좋겠다.

국민총생산량의 30%가 대기업 3사社가 차지하고 있다. 중소기업과 골고루 분포하는 결과가, 곧 부강한 국가라 할 수 있는데 아쉬운 대목이다.

이럴 때일수록 형편에 맞는 검소한 생활이 최선의 방법이다. 씀씀이를 줄일 수밖에 없다. 절약하는 습관을 들여야 한다.

독서

쓸데없는 생각이 떠오를 때는 책을 읽어라.
쓸데없는 생각은 비교적 한가한 사람이 느끼는 것이지
분주한 사람이 느끼지 않는다.
한가한 시간이 생길 때마다 유익한 책을 읽어 마음의 양식을 쌓아야 한다.
〈처칠〉

루소(Rousseau)는 38세에 "어떤 슬픔도 한 시간의 독서로써 풀리지 않은 적은 내 생각에 한 번도 없다." 61세에는 "단 3시간이면 모두 읽을 수 있는 책 한 권을 저술하기 위하여 나의 머리카락은 백발이 되었다."

'실락원'을 쓴 존 밀턴(John Milton)은 어려서부터 시재에 남다른 재질을 보였는데, 14세부터 글을 쓰고 책을 읽었다. 그의 탐욕적 독서와 연구 생활은 끝내 자신을 실명에까지 이르게 했다고 스스로 고백하였다.

독서에 열중하고 일생을 마친 성현聖賢들이 남긴 값진 말이다.

'다산 정약용' 선생은 어떤 제자에게 주는 글에서,

"만약 따뜻이 입고 배불리 먹는 데만 뜻을 두고서 편안히 즐기다가 세상을 마치려 한다면 죽어서 시체가 식기도 전에 벌써 이름이 없어질 것이니, 새나 짐승일 뿐이다. 그런데도 책을 읽지 않고 그렇게만 살기를 원할 텐가?"라고 질책하였다.

다산연구소 박석무 이사장은 "책 읽지 않는 사람, 짐승과 무엇이 다르랴"라고 쓰고 있다. 느끼는 바가 크다.

학교교육도 따지고 보면 책 읽는 훈련이다. 책을 읽으면서 눈[眼]이 열리고 귀[耳]가 열린다. 보편적인 지식과 교양을 익히면서 한 인간으로 성장하는 과정이다.

성인이 된 아이 학교 졸업식에서 교장선생님이 한 말씀이다. "독서를 열심히 하십시오. 독서는 앉아서 하는 여행이고 여행은 걸으면서 하는 독서입니다." 감동을 주는 말이다.

학생들이 자신에게 알맞은 실천 방법을 찾아 실행할 것이다. 그리하여 성공한 사람으로 변신해, 세계 각 분야에서 리더(Leader) 역할을 해낼 것이다. 교육을 왜 백년지계百年之計라 하는지 실감한다.

직장 생활을 막 시작할 때였다. 흔히 말하는 잡상인이 사무실에 들어와 여러 직원을 제쳐두고 나에게로 다가 와, 팸플릿을 펼쳐 보였다. '하필이면 왜 나였을까?' 재수 없는 날이라 생각했다.

들여다보니 세계문학전집과 한국문학전집이었다. 각 36권씩 2질帙이고 수 십 만 원씩이나 했다. 집요하게 구매를 요구하는 바람에 계약서에 사인을 하고 말았다. 사기 싫은 책을 억지로 산 것이었다.

그러고서 그는, 봉급날에 수금하려 사무실에 방문하여 "논어의 공자 말씀을 읽고 있느냐?『바람과 함께 사라지다.』는 얼마나 보았느냐? 이광수의 『사랑』은 모두 읽었느냐." 등 질문 비슷한 말을 꼭 한 마디씩 하였다.

관심이 없던 나는 책값을 건네주며 대답조차 귀찮았고 얄미울 정도로 싫었다.

"권 선생은 좋은 책, 구입하기를 잘했습니다."라는 말을 남기고 지나갔다.

그는 독서를 많이 한 사람이었다. 도서 제목에 대한 줄거리를 조목조목 전해 주었고 취미가 '책 읽기'라서 영업사원으로 일한다고 했다.

거의 일 년에 한 번씩 이삿짐을 꾸려 전세살이를 하면서 무거운 책을 가지고 다녔다. 살림살이 도구 이동하기가 힘이 든다.

이번에는 버리려고 책꽂이에서 방바닥에 내던졌다.

"좋은 책을 왜 버리려 하느냐, 나중에 볼 수 있고 아이들이 볼 책"이라며 아내가 짜증을 내며 애써 한 권 한권씩 포개어 놓고 짐을 싸기 시작했다. 이삿짐 싸기가 귀찮아서 버리는 줄 알고 화를 낸 것이다.

그래도 첫 월급으로 구입한 것은 이 책밖에 없는데! 나름 생각했다.

그 후에도, 내 집 마련까지 몇 차례 이사했다. 책꽂이에 꽂아놓고서 문지방을 드나들며 수차례씩, 겉표지 제목만 쳐다보고 지내왔다.

보관할 공간이 마땅치 않아 종이박스에 집어넣어 쌓아 놓았다가 습기가 차 곰팡이가 일어 너덜너덜하게 헤진 책도 있다.

요 몇 년 전부터 이 책에 대해 관심을 가지게 되었다. 처음 접하는 책이고 넉넉지 않은 형편에 구입한 도서인데, 이집저집을 옮겨 다니며 어렵사리 간수해 온 게 그 이유라면 이유이다.

우여곡절을 겪은 책을, 그래도 한 번쯤은 내 손으로 한 장씩 넘겨봐야 하지 않겠는가, 아까워서라도 말이다.

누렇게 빛바랜 종이에 깨알 같이 작은 글자를 보는데 쉽지 않지만 읽는 보람은 있다. 많은 것을 느끼고 세상살이가 달라질 수 있다는 생각마저 들 때가 있으니 책 속에 또 다른 삶이 있다는 소중함을 인식케 한다.

'로버트슨 데이비스'는 훌륭한 건축물을 아침 햇살에 비춰보고 정오에 비춰보아야 하듯이 진정으로 훌륭한 책은 유년기에 읽고 청년기에 다시 읽고 노년기에 또다시 읽어야 한다는데, 아직 두 번의 숙제가 남은 셈이다.

사람은 온갖 일을 경험하며 살아간다. 부족함을 채우는 데는 독서만한 게 없고 간접경험을 통해 사리를 판단할 수밖에 없다.

월부금이 끝날 즈음에, 그는 충무로 'ㅇㅇ서적'을 인수하였다는 소식을 전하면서, '좋은 책은 훌륭한 저작자와 대화하는 것입니다. 보고 싶은 책, 싼 값에 드립니다.'

그 후론, 한 차례도 대화할 수 없었고 책방은 없어진지 오래지만, 고마웠다는 뜻을 전하고 싶다.

Metasequoia

걱정 없는 인생을 바라지 말고
걱정에 물들지 않는 연습을 하라.
〈알랭〉

출근하면 반겨주는 나무가 있다. 보도블록이 깔린 출입로 양쪽 경계석을 따라 높이 35m나 되는 '메타세쿼이아(Metasequoia)'가 일정한 간격으로 줄서서 반가이 맞아 주는 것이다.

고개 숙여 절하는 것만이 인사겠는가, 그렇게 생각하면 인사치레가 되는 것이리라.

어제 밤에는 비[雨]가 내렸다. 가뭄을 해갈할만한 량[量]은 아니지만 공중에 떠돌아다니던 연무 등을 떨어뜨려 놓았다. 온 땅바닥에 빗물과 뒤섞인 잿빛 찌꺼기가 흉물스럽게 내려앉은 것이 그 증거다.

마치 온 세상을 맑게 청소해준 느낌이다. 그래서 인지 기분이 상쾌하다. 그러고서 시작하는 일과가 즐겁다.

요 며칠 전, 날씨가 영하로 떨어져 돋아나던 이파리와 꽃망울이 움츠렸다가 다시 피어오르는 모양새다. 삼라만상이 작년에 그랬고 제 작년에도 그랬으니 이력이 나 있나 보다. 어쩌면 어려움을 이겨내어 재충전하라는 섭리이기도 할 것이다.

여사한 일로 움츠렸다 펴고 또 움츠렸다 펴고를 반복하는 게 사람들의 생활이다.

직장이든 가사든 언제나 만족하며 살아갈 수는 없다. 갈등이 있게 마련이다. 갈등을 빚는 과정에서 상대 언행이 내게 상처를 주었기 때문에 분노하는 것은 정당하다. 그러나 정당하지 못한 분노만큼이나 해롭다. 서로가 조절할 소용이 있다.

직장에서의 불협화음은 조직원들의 마음을 아프게 한다. 서로의 의사가 맞지 않아서 일 수 있고 개인감정일 수도 있으며 여러 가지가 원인이 있을 것이다.

사무私務가 잘 돼야 직무職務가 잘 된다고 한다. 가정사가 원만하면 가족이 화목하고 직원 간 동료애가 있으면 하는 일이 잘 마무리 된다. 조직이 이런 상태가 지속하다보면 쌓이는 건 신뢰일 것이다. 자신도 모르게 길들어져 가는 과정이 사람의 본성이다.

'천 길 물속은 알아도 한 길 사람 속은 모른다.'는 속담은 사람의 속마음을 알기란 매우 힘듦을 이르는 말이다. 내 마음 같지 않다고 고민하며 지내기도 한다. 더구나 침묵으로 일관하면 더더욱 알 수 없는 게 사람의 마음이다. 개성이 다양하기 때문일 것이다.

'개구리 소리도 들을 탓'이라 했다. 시끄럽게 우는 소리도 듣기에 따라 좋게도 들리고 나쁘게 들린다. 매일같이 마주하는 사람이고 늘 겪는 현상도 어떤 상황에서 대對하느냐에 따라 좋게도 보이고 나쁘게도 보인다.

'더랩에이치' 회사를 창업한 '김호' 대표는 "직장은 나를 보호해주지 않지만, 직업은 나를 보호해 줄 수 있다."고 하였다.

직업은 자신의 적성과 능력이지만, 직장은 이를 가지고 일하는 장소다. 제아무리 능력 있는 사람이라도 직업윤리가 바닥이면 조직원으로서의 자격이 없다. 그 직위에 맞게 행동하는 것이 옳은 일일 것이다.

직업은 크게 감정노동과 신체노동, 즉 '화이트칼라, 블루칼라'로 구분한다. 이와 관련한 정신질환자 발생률은 후자 보다 전자가 훨씬 많다고 한다. 한정된 공간에서 이런저런 사유로 받는 스트레스의 문제이다. 속상하지만, 이를 이겨내고 살아가는 지혜가 요구된다. 그럴수록 소통해야 한다. 본인하기 나름인 것이다.

사무실에 앉을 의자가 있고 책상 위에는 컴퓨터와 키보드가 놓여 있으며, 더욱 기쁜 것은 해야 할 일거리가 기다리고 있으니 더더욱 좋다. 오늘은 화창하고 쌀쌀하다. 기분이 좋은 하루가 될 것이다.

1억 년 전 공룡시대 화석에서 발견된 살아있는 화석나무 '메타세쿼이아' 열다섯 그루가 출입로에 긴원뿔 모양을 하고 턱 버티고 서서 출퇴근길에 큰 힘을 더하고 있다.

건강관리

오래살기 위해서는
느긋하게 사는 것이 필요하다.
〈M.T. 키케로〉

"주역周易의 근본은 점占치는 책이다. 점은 이미 결정된 운명에 관한 것이 아니고, 판단이 어려울 때, 결정이 어려울 때, 사람이 지혜와 도리를 다한 연후에 최후로 찾는 것"이라고, 20년을 감옥살이 한 '신영복' 선생의 말이다.

사람으로서 할 수 있을 만큼 다하고[盡人事] 천명을 기다리는[待天命] 마음으로 점을 쳐라.

공자는 말년에 책을 묶은 가죽 끈이 세 번씩이나 끊어질 정도로 주역을 읽었다고 한다. 어쩌면 자연섭리의 비결처럼 신비롭게 보여서가 아닐까?

어디까지 '진인사'의 한계일까. 어떤 이는 '운칠기삼運七技三'이라 말한다. 사람이 노력해서 바꿀 수 있는 부분은 기껏 10분의 3뿐이라는 해석이다. 더 극단적으로 나가면 구제불능에 이른다.

어떤 일을 이루는 데 사람이 할 수 있는 부분은 얼마 되지 않고 나머지는 운의 몫으로 돌린다. 그런데 이미 결정된 운명이 어디까지인지 아는 사람이 있을까? 점을 쳐서 알고 싶은 가장 큰 비밀이 바로 그곳 같은데 말이다.

이미 하늘이 결정해놓은 운명인 줄도 모르고 그걸 바꿔보려고 아등바등 몸과 마음을 다 망가뜨리는 사람들이 얼마나 많은가, 만약 그것이 바꿀 수 없는 운명인줄 미리 알았더라면 그리 몸 상傷하는 헛고생은 하지 않았을 것이 아닌가.

모든 것을 다 얻고도 건강을 잃는다면 무슨 소용이 있겠는가! 인간만사 새옹지마塞翁之馬라 했다. 사람의 길흉화복吉凶禍福은 돌고 돌며, 덧없는 것이란다.

다산 선생은 아들에게 보낸 편지에서 "한번 병이 나면 백가지 약도 효험이 없다."고 했다. 술로 인한 병은 등에서도 나고 뇌에서도 나며 치루痔漏가 되기도 하고 황달도 되어 별별 기괴한 병이 발생한다며 입에서 딱 끊고 마시지 말라고 하였다.

사람은 건강할 때 지킬 줄 알아야 하고, 자기의 병은 자신이 알고 치료하는 행림杏林이라 했다.

아픈 사람이 오래 산다고 한다. 그건 예방하고 지속적으로 치료하기 때문일 것이다. 건강관리는 가족이 아닌 자신의 몫이다.

Smog

> 땅이 인간에게 속하는 것이 아니라
> 인간이 땅에 속하는 것임을 우리는 알고 있다.
> 만물은 마치 한 가족을 맺어주는
> 피와도 같이 맺어져 있음을 우리는 알고 있다.
> 〈시애틀 추장〉

날씨가 맑은 5월, '불암산'에 올랐다. 서울 시내가 한눈에 들어온다. 들쭉날쭉 치솟은 아파트 사이에 이곳저곳에 무리 지어진 활엽수가 보이긴 하지만 삭막하고, 그 상공에는 뿌연 연기처럼 보이는 스모그가 경계 지어져서 보인다. 환경오염의 심각성을 나타내는 증표이다.

스모그(Smog)는 연기(smoke)와 안개(fog)의 합성어이다. 스모그는 18세기 유럽에서 산업발전과 인구증가로 석탄 소비량이 늘어나면서 생겨났다.

당시 런던에서는 이로 인해 240여 명이 사망하고, 이후 수십 년이 지나면서 수천 명의 사망자가 발생하였는데, 환원형 런던스모그(London Smog)가 원인이었다.

19세기 중엽부터는 석유를 널리 이용하면서 오염도가 커지고 세계대전 후에는 자동차의 내연기관이 가솔린을 쓰면서 연소에 의한 스모그가 큰 문제로 등장했다. 산화형 로스앤젤레스 스모그(Los Angeles Smog)라고 불렀다.

서울 한복판 상공의 허연 연기는 로스앤젤레스 형으로 사람의 시정을 감소시키고 눈, 코, 호흡기의 자극 증상을 일으킬 수 있다고 하니 주의해야 한다.

요즈음은 '중국발 스모그'가 계절풍을 타고 우리나라로 들어오고 있다. 중국에서 발생한 미세먼지, 자동차 매연, 석탄 등에서 나오는 일산화탄소를 동반한 또 다른 스모그다. 여기에는 납, 크롬 등 유해 중금속이 함유된 미세먼지다. 이를 들이마시면 기관지염, 호흡기 질환, 가슴통증, 심장통증, 폐렴의 위험도가 높을 뿐만 아니라 식물성장의 장애요인이 된다고 한다.

미세먼지는 눈에 보이지 않을 정도로 가늘고 작은 먼지 입자로 손으로 만질 수 없을 만큼 미세한 물질이다. 농도 기준은 좋음(0-30㎍/㎥), 보통(31-80㎍/㎥), 약간 나쁨(81-120㎍/㎥), 나쁨(121-200㎍/㎥), 매우 나쁨(201㎍/㎥ 이상)으로 나누어 관리하고 있다. 그리 낯선 용어가 아닌 것 같다.

자동차로 출근하는 길이다. 대로에 크레인(Crane) 장비가 지브(Jib)를 쭉 내밀고, 그 끝 네모 칸에 사람이 올라 전동 톱으로 가로수를 '윙윙' 소리 내며 자르고 있다. 당국에서 출근 시간대를 피해, 며칠째 새벽부터 가로수 자르기를 하고 있는 것이다.

매년 우기에 태풍이 불어 나뭇가지가 부러지고 뿌리 채 뽑혀 넘어지는 피해를 방지하기 위한 조치이기도 하지만, 자동차 매연, 일상에서 발생하는 이산화탄소, 질소산화물 등의 배기가스(排氣GAS)를 분해해

산소를 공급하는 역할을 한다.

예전에는 정화능력이 뛰어난 양버즘나무를 식재했다. 이 나무는 낙엽활엽수로, 도심지의 척박한 토양에서도 성장속도가 매우 빨라 높이 50m까지 자라고 턱잎은 5개가 싹터 한 여름에는 잎이 넓고 커서 도시 녹화에 최적으로 꼽히는 수종으로 알려져 있다. 추운 날씨에, 공중에 올라 가지치기하는 그 분들께 박수를 보낸다.

오늘은 미세먼지 주의보가 발령되었다. 어린이와 노약자뿐만 아니라 성인도 해로운 영향을 미칠 수 있다며 가급적 야외 활동을 자제하라고 당부하는 소식이다.

난, 기관지가 좋지 않다. 환절기 때마다 병원을 찾곤 하는데 어제는 병원을 다녀왔다. 약한 기관지를 가지고 태어났다고 한다. 미리미리 예방해야 한다.

인체의 수많은 기관은 각각의 역할이 있다. 그 기관이 모두 강한 체질을 가지고 이 세상에 왔다면 아마도 장수할 수 있을 것이다. 그것은 운이다.

60~70년대, 이곳저곳 굵고 높은 굴뚝에서 연기가 피어오르는 광경이 생각난다. 경제발전의 토대였다. 수년 만에 우리나라는 상품을 수출해 잘 사는 나라로 도약하는 동기가 되었다.

급격한 산업화의 발달로 생겨난 스모그 현상은 어쩔 수 없는 일이다. 그 원인은 사람이다.

사람이 해결해야 할 숙제인 것이다. 끝없는 노력이 필요한 이유다. 오늘 같은 날 건강을 챙겨야 한다.

야생화 〈으아리〉

무화과나무에 무화과가 열리지
않길 기대해서는 안 되듯이 사람도
그 사람만의 그릇이 있다는 것을 명심하라.
〈마르쿠스 아우렐리우스〉

모처럼, 야생화 농장 '야초울'을 찾았다. 야생화에 매력을 느끼기 시작한 건, 이 농장 '정'대표를 만나고부터인데 알고 지낸지가 한 5년 정도 되는 듯하다.

3년 전만 해도 '울 엄마'를 집필하면서 책에 실을 야생화 사진 찍으러 카메라를 둘러메고 여러 차례 들락거렸다. 아마도 성가시기도 했을 것이다.

찾아 간 날은 겨울인지라 밭에는 꽃잎지고 마른 줄기만 앙상히 바람에 흔들리고 있다. 대표는 하우스 막사에서 난롯불을 붙이며 콧노래를 부르고 있었다.

"사장님, 안녕하십니까, 그간 잘 지냈습니까?" 인사를 하며 출입문에 들어섰다. "어! 권 선생님, 오랜만이에요." 서로 인사를 나누었다.

이따금씩 행사가 있을 때마다 "야생화 꽃이 만발했어요. 아름답습니다."라며 연락을 주었는데, 바쁘다는 핑계로 한 차례도 참여하지 못했다. 그래서 미안한 생각을 가지고 찾아갔는데 반가이 맞아주니 고마울 따름이다.

2008년 S중학교에 근무할 때 야생화를 구입하러 찾아간 곳이 이 농장이었다. 야생화학습장을 만들기 위해서다. '정'대표는 현장을 둘러보고 밑그림을 그리고 작업에 들어갔다.

키가 큰 탐라수국은 한 가운데 심고, 그 다음 둘레부터 꿩의 비름, 꽃향유, 자주달개비, 접시꽃, 제비붓꽃, 패랭이 등 키순으로 식재하였다.

퍼걸러(Pergola)를 만들어 장미, 붉은 인동 등 덩굴성 화초를 심는데, 옮겨 심을 화분에 꽂핀 '으아리' 푯말이 꽂힌 야생화를 발견하였다.

처음 보는 고상한 이름이고 아름다운 꽃이다. '으아리'는 산기슭과 들에 나는 낙엽덩굴 식물로, 가는 줄기가 뻗어 나아가며 한 여름에 꽃이 피면 그 향기와 더불어 관상가치가 높다는 걸 나중에 알았다.

전국에 분포하고 남부지역이나 제주도에서는 초겨울까지 꽃을 볼 수 있다고 한다. 야생화 진면목을 배우는 계기가 되었다.

2014년 봄, '꽃과 퍼포먼스' 공연 초청장을 받고 관람하였다. '봄맞이 꽃' 시낭송과 하모니스트의 '어니스트' 曲, 마이크샹크의 '안토니오' 송, '꽃바람 브루스' 연주로 시작되었다.

장○○ 퍼포머의 공연 차례다.

베토벤 피아노소나타 '열정' 교향곡 ON.

펼친 신문 4장 크기의 검정색 두꺼운 종이를 땅바닥에 펴 놓은 상태로 동시에 시작한다.

퍼포머가 붓을 잡고 백말[白馬]의 머리와 말의 등 부분에 갈기 나무를, 그림물감으로 그리고 배경을 푸른색으로 배색하고 붓을 내려놓자 교향곡이 8분 만에 끝나는 퍼포먼스를 감상하였다.

농장 활엽나무 그늘 아래 마당에서 이루어지는 공연은 꼭 천국에 와 있는 듯했다. 즐거운 시간이었다.

우리 야생화에는 아름다운 꽃말을 가지고 있다. 몽우리지고 피기 시작하여 꽃잎이 질 때까지의 기간이 매우 길다. 은근하고 끈끈한 맛을 느끼게 한다.

사람도 꽃말처럼 아름답게, 야생화처럼 끈끈한 정情으로 산다면 더 맑고 밝은 공동체 사회가 이루어지리라 믿는다.

마음

연약한 사람은 복수하고
강한 사람은 용서하고
지혜로운 사람은 무시한다.
〈아인슈타인〉

내가 살아오면서 만났던 사람이 몇 명이나 될까? 수천 사람은 아니더라도 얼추 수백 사람은 되는 것 같다.

어떠한 연유로 만나 좋은 관계를 유지하며 지내는 사람이 있고 어떤 사유로 떠난 사람도 있다.

직장에서 만나 어쩔 수 없이 같이 지내는 때가 있었고, 협동으로 게임하는 취미생활도 있다.

방송매체나 지면을 통해 이런저런 안타까운 이야기를 접하고 산다.

많은 돈을 빌리고 갚을 형편이 되지 않자 둘도 없는 오랜 친구의 목숨을 앗아간 사건, 사이가 좋지 않은 사람을 폭력배에게 청탁해 혼내주려다 목숨까지 앗아간 뜻밖의 일, 돌아선 부부의 아이를 없애려다 수갑 찬 모습 등, 이는 인간이 할 수 있는 한계를 넘어선 옳지 못한 행위다.

아들이 재산 상속에 앙심을 품고 낳아주고 가르치며 키워준, 세상에 하나 밖에 없는 부모의 목숨을 앗아간 사건은 사람을 소름끼치게까지 한다.

가족 간의 만남은 우연이 아닌 필연이지만, 온 세상을 슬픔의 도가니로 몰아넣었다. 참으로 슬픈 일이 아닐 수 없다.

알고 보면 실마리를 풀 수 있는 시간과 방도는 얼마든지 있었다. 사소한 감정을 참아내지 못하고 순간적인 판단이 일을 그르치게 하는 것이다. 세상이 사나워져 가고 있다.

"그 사람이 저 사람을 만나지 않았다면 저렇게까지 하지 않았을 텐데?"라고 말이다. '모든 건 인연이고 운運인 것을!'이라고 하기엔 너무 허전하지 않은가.

나를 아는 사람들의 수만큼의 내가 존재한다. 내가 알고 있는 나는 내 마음 속에 있고 '그 사람'의 마음속에는 '그 사람'이 알고 있는 내가 살고 있다.

'저 사람'의 마음속에는 '저 사람'이 알고 있는 나[我], '또 다른 사람'의 마음속에는 '또 다른 사람'이 알고 있는 내가 살아가고 있다. 각각의 '나'는 모양도 크기도 색깔도 제각각이다.

이 모든 '나'는 한시도 쉬지 않고 커지기도 하고 작아지기도 하며 흐릿해지기도 한다.

그 사람의 마음속에 '나'는, 전적으로 그 사람에게 달려있다. 나는 그저 그 사람에게 좋은 느낌을 주려고 노력할 뿐이다.

내 마음 속의 '나'와 타인 속의 '내'가 일치하지 않는다. 심지어 전혀 다른 모습일 수도 있다. 어쩌면, 잘잘못을 따지며 나의 성품을 저울질하며 지켜보고 있는지도 모른다. 도리에 어긋나는 언행이 그 결과를 말해 줄 것이다.

타인의 마음속의 '나'는 나의 전유물이 아님을 수긍하고 그대로 보는 지혜가 사람을 안주安住하게 하는 힘이다.

3년 세월이 준 선물

친구는 제2의 자신이다.
〈아리스토텔레스〉

나에겐 '죽마고우'도 아니고 '십년지기'도 아닌 전우가 있다. 딱 네 사람이다.

군軍 입대일자가 같고 제대도 같은 날짜다. 군번 여덟 자리 숫자 중 끝자리가 7, 8, 9번이고 군대 임무가 동일하다.

신병 훈련 때이다. 10평 정도의 밀폐된 공간에서, 양손을 허리에 짚고 발뒤꿈치를 들어 올리는 동시에 허리를 좌우로 움직이며 절도 있게 군가를 한참 부르는데 최루탄을 터트리니 눈물 콧물이 뒤범벅이 된 상태로 군가 부르기가 끝나자마자 문을 박차고 뛰쳐나가 양팔을 펴고 분진이 모두 날아갈 때까지 바람을 등지고 서있어야 한다.

그 다음에 방독면을 착용하고 똑같은 과정을 거친다. 방독면의 역할을 깨닫게 하고 생명의 소중함을 느끼는 경험이었다.

심폐소생술 훈련이다. 왼손가락 사이에 오른손가락을 집어넣어 깍지를 낀다. 동료 전우를 눕히고 가슴 딱 가운데 명치 위 부분을 4분의 4

박자로 30번씩, 갈비뼈가 부러지는 한이 있더라도 심장이 뛸 때까지 흉부압박을 실행하는 것이다. 번갈아 하는 훈련인데 웃음이나왔다. 교관이 "군인이 훈련을 하면서 웃는 법은 없다."며 단체 기합을 받기도 했지만, 어려움에 닥친 전우의 생명을 지켜내는 교육이었다.

독사, 말벌에 물렸을 때, 주사注射하는 훈련은 침鍼이 팔뚝 피부를 찌르는 상황을 바라보라고 했다. 아주 급할때에는 자신의 피부를 찔러 처치하게 할 수 있게 하기 때문이다. '따끔' 고통은 순식간에 지나간다. 아픔을 참아내는 군인정신이었다. 인명 구조 훈련을 여러 차례 하였고 사회생활을 하는 큰 도움이 되고 있다.

자대自隊 배치는 후반기 교육을 같이 받은 신병 네 명이 받았다. 훈련은 신병 기본교육과 후반기 교육으로 구분할 수 있다. 전자는 전투 훈련, 후자는 기술 병과(兵科: 군인이 맡은 임무. 보병, 포병, 공병 등)훈련이다.

전입신고를 해야 한다. 초긴장 중이다.

병영 내무반은 바닥 양쪽 침상에 기간병(基幹兵: 군대선배. 가장 으뜸이 되거나 중심이 되는 병사)이 책상다리 하고서 근엄하게 앉아있다.

군기가 들 데로 들어있는 우리는 가로 한줄 차렷 자세로 사병들 앞에서 "신고합니다. 이병 권순욱 외 3명은 ○○○○부대 전입을 명받았습니다. 이에 신고합니다."라고 소리치면 되는 것이다.

그런데 제대로 되지가 않았다.

긴장 탓에, "격추" 외침과 동시에 오른손을 들어 올려 거수경례를 하자마자 팔을 내리자, 마주선 내무반장이 "얼씨구! 신고 받기도 전에 손을 내려, 내가 신고하랴? 군기가 빠졌군." 하며 꾸중을 하였다.

내무반장이 신고 받았다는 표시로 거수경례 자세를 하였다가 손을 내린 후에, 내가 손을 내리는 것인데 오히려 신고를 받은 것이다.

옆에 있던 기간병 고참이 "전입신고를 확실히 해야지, 어디에서 온 병력이야!" 소리치는 바람에 더더욱 긴장이 되었다.

삼세판 만에 끝냈다. 그 후에, 신병들의 전입신고를 보니 단번에 끝나는 일이 없었다. 군기를 세우고 질서 지키기 훈련이었다.

신병 네 사람의 병과는 같지만 근무 장소가 달랐다.

나는 본부에, 한 사람은 다른 곳에 두 사람은 또 다른 곳에서 각각 복무하면서 훈련을 늘 같이 받았다.

'사나이는 군대를 가야 한다. 군대 가서 사람이 돼 돌아온다.' 또 어떤 사람은 '군대 3년은 허송세월이다.'라고 말한다.

일정한 규율과 질서를 가지고 조직된 환경에서의 생활이 군대다. 자연스레 습득되는 건, 규칙적인 한도이다. 어떤 일이나 행동을 정도에 알맞게 하는 룰을 체험한다.

군대생활 3년, 길 다면 길고 짧다면 짧은 기간이다. 다가올 인생가치의 보너스, 사전답사인 것이다.

세상을 보는 눈이 달라지고 일상 사회적응에도 도움이 된다는 뜻이기도 하다.

그보다도, 절친한 전우 세 사람을 만난 데에 의미를 두고 있다.

군복무를 마치고 2, 3년이 지나 각자의 자택을 수소문해 연락이 닿아 만나기로 하고, 어떻게 살아가고 있나? 생각했다.

지방에서 상경해 첫 만남이 이루어졌다. 반가울 수밖에 없다. 군대

생활 만큼이나 끈끈한 정이 넘치는 분위기이다. 자리에 앉기가 무섭게 나온 말은 누가 먼저라고 할 것 없이 '어떻게 살고 있냐?'였다. 다들 성공한 사람으로 변신해 있었다.

바쁜 일상에서 가끔씩 만나고 안부전화, 문자 주고받으며 지내오다가 지난 연도에 약속한 게 있다. 네 사람이 은퇴하고서 정기적으로 만나기로 다짐을 하였다.

군대생활 3년이 만들어 준 소중한 선물이다.

네 전우는 생사고락을 같이 했던 그때 3년처럼 여생을 같이할 것이다. 기대가 된다.

2

가정생활

아버지 은혜

은혜를 입은 고마움이 뼈에 깊이
새겨져 잊혀 지지 않는다.〈白骨難忘〉
죽은 뒤에라도 은혜를 잊지 않고 갚는다.〈結草報恩〉

6세 쯤 된 때로 기억한다. 사진을 찍어 준다며 나를 향해 찰카닥 조리개 열리는 소리가 나자마자 깜짝 놀라 도망을 쳤다. 덩치 큰 사진기가 나를 데리고 가는 줄 알았다.

사진기가 사람을 데려간다니! 겁이 많은 아이였다.

내 모습이 필름에 담기면서 그 안으로 들어간다는 어른들의 농담에, 참말로 알아들었기 때문이다.

그 때 찍힌 흑백사진 한 장, 잔뜩 긴장하고 엉거주춤한 자세로 도망가는 모습의 사진을 온 가족이 돌려보며 화제 거리가 되기도 했다.

그런데 언제부터인가 그 사진이 보이지 않는다. 아직까지 찾지 못하고 있으니 소중한 추억거리 하나가 사라진 것이다. 안타깝다.

1962년 초등학교에 막 입학했을 때다. 아버지를 따라 10리 길을 걸어 장터에 도착하였다. 거기에는 많은 사람이 무리지어 이야기하고 어수선한 모습이다.

라디오 고치는 전파사, 손목시계 고치는 가게, 양은 냄비 땜질하기 등 수선비를 흥정하고 고무신, 놋그릇, 옹기 가게에서는 에누리하며 물건 값을 흥정하는 모습이다.

농사지어 달구지에 싣고나온 곡물을 땅바닥에 펴 놓고서 팔고 사는 사람들로 북적거렸고 가끔씩 오는 버스 안내원은 출입문을 겨우 열어 사람들이 내리게 하고 차비가 부족하다며 실랑이하는 모습이 인상적이었다.

바쁜 농사일을 제쳐 두고 버스를 타고 이동해 곡물 팔아 장을 보고 동창친구, 선후배 만나 막걸리잔 기울이며 농사정보 주고받으며 살아가는 농부의 재미가 여기에 있는 듯하다. 약속하지 않아도 만날 수 있는 곳, 바로 장터다.

구경하느라 점심시간이 늦었다. 아버지가 '뭘 먹을까?' 하시더니 찐빵집에 들어가 둥근 채반 하나를 주문하셨다.

그땐 학생들이 가장 먹고 싶어 하는 음식이 자장면, 찐빵, 호떡이었다. 실컷 먹게 생겼으니 기분이 좋았다.

가게주인이 찐빵 봉우리에 귀한 설탕까지 듬뿍 뿌려 내왔다. 배부른지 모르고 집어 먹고 자리에서 일어서니 포만감이 느껴졌다.

돌아오는 발걸음이 무거웠고 아랫배가 아파왔다. 집에 오자마자 화장실 드나들기에 바빴다. 설사를 한 것이다.

찐빵을 뱃속에 넣고 집으로 돌아와 화장실에 쏟아 부은 꼴이 되었지만, 아버지와 함께 한 즐거운 날이었다.

초등학교 6학년 때, 수업을 마치고 공놀이를 하느라 운동장을 뛰어

다니다가 정문 앞 느티나무 그늘 아래 앉아있는 사람이 아버지인 듯했다. 다가가니 맞다.

아버지는 위암 치료를 받고 돌아오는 길이었다.

얼굴이 수척해지고 몸무게가 가벼워졌음을 한눈에 알 수 있었다. 식은땀을 흘리며 걸어가다 힘에 부쳐 쉬고 있는 것이다.

공놀이가 멈추어지고 오른손엔 책가방이 쥐어진 채로 아버지를 뒤따랐다. 마을 뒷산 언덕길을 한참 걸어 올라가면 요양 집이 있다. 그곳에 가는 길이다.

아버지가 나를 걱정하며 "날이 저물기 전에 빨리 집으로 가라."고 하셨지만, 내 눈에 들어온 아버지의 뒷모습은 정상이 아니었다.

고개를 숙이고 땅바닥을 주시하며 팔자걸음으로 비틀거리며 걷고 있었다. 예전의 모습이 분명 아니다. 믿어지지가 않았고 놀라서 겁을 먹었다.

눈물지으며 담요를 깔고 이불 덮어 드리고 내려오는 길에 '아버지 없이 어떻게 살지?'를 걱정하며 텁썩 주저앉아 울어야만 했다.

얼마 후, 아버지는 서울 병원에서 치료를 받았지만, 50의 나이를 넘기지 못하고 저 세상으로 떠나셨다.

울 엄마가 한 말씀이 있다. 1940년대에 아버지는 노동하여 잘 살아 보자며, 그 난리 통에 일본으로 건너가 8년 동안 노동하며 번 돈으로 농토 3만2천 평을 사들여 살만한 나이에 저 세상으로 가셨다고 하였다.

그 후론, 학교 등에서 '가장 존경하는 사람이 누구냐?'는 물음에 서슴없이 '아버지'라고 말했고, 아버지처럼 살겠다고 하였다.

재산 팔아 병 고칠 일이지? 자식이 뭐기에, 아버지 당신이 희생해야 했을까? 내 생각이 거기까지 미치지 못한 것인가.

내 머릿속엔 아버지, 세 글자가 각인 된지 오래고 마음 속 깊숙이 간직하고 지금껏 살아가고 있다.

'고마움', '은혜'라는 말이 죄송하고 부끄러우며 안타깝기만 하다.

눈길을 걸으며

사치로써 자녀를 떠받는 것은
그 자녀를 사랑하기 때문이다.
그 사랑한다는 것이 마침내는
그 자녀를 해롭게 하는 원인이 된다.
〈이언적〉

언젠가부터 산책길들이기에 나섰다. 운동을 하는 것이다.

불룩 나온 배를 보고 걱정하는 표정으로 '운동 좀 하라'는 아내의 성화가 몇 차례 있은 후 10㎞ 길을 걷기로 작정했다. 떠밀리다시피 시작했는데 잘한 것 같다.

밤새 내린 눈이 제법 쌓였다. 몇몇 사람이 발자국을 남기고 지나간 길이다. 한걸음, 한걸음 옮길 때마다 눈[雪] 다져지는 소리가 뽀드득 뽀드득 난다.

불현듯 지난 일들이 떠오른다. 시집온 아내에게 울 엄마가 '내가 배 아파 낳은 자식, 이때까지 키우고 가르쳤으니 네게 인계한다. 잘 살아야 한다.'라고 했단다.

젊은 나이에 홀로 농사지어 일곱 자식 키워, 당신의 품안에서 한 사람씩 장가들이고 시집으로 떠나보내는 부모의 한결같은 마음이었으리라.

전세살이 하면서 작은 월급으로 애면글면 살아 왔다.

근 10년 만에, 아파트 분양통지서를 받아들고 '내 집을 마련하였다.'고 좋아라고 소리쳤다. 그때는 먼저 분양하고 집을 지었다. 네 식구가 부리나케 현장을 찾았다.

허허벌판 논밭 가장자리에 중장비가 굴뚝에 검은 연기를 내뿜으며 땅을 파고, 안전모 차림을 한 사람들이 분주히 공사장을 오가는, 생동기가 넘쳤다. 우리 집을 짓기 위해 애쓰는 그분들이 고마웠다.

입주하던 날, 이삿짐을 나르며 기뻐하던 가족들의 모습은 잊을 수가 없다. 엊그제 같은데, 십수 년의 세월이 흘렀다.

나이 사십 대에 아이들은 입시전쟁을 할 때이다. 직장 일에 매달려 무관심하고 마음속으로 은근히 기대만 했던 게 사실이다.

"아빠가 제 아빠여서 행복했습니다."라는 말을 기대한다면 지나친 욕심이겠지, '그래도 돈 벌어 들이는 역할은 했으니까.' 바보 같은 생각도 해본다.

어른들은 '자식 키우는 재미로 산다.'고 하던데, 그렇게 살지 못해 후회스러울 뿐이다. 훌쩍 지나간 시간을 지금에 와서 어쩌겠나, '앞으로 잘 하면 되는 것이지' 눈길을 멈추고 혼잣말을 했다.

아무튼, 아버지 역할까지 해준 아내가 고맙고 큰 탈 없이 자라 준 아이들에게 감사할 따름이다.

Honeymoon Letter

> 단지 돈만을 위해 결혼하는 것보다 나쁜 것이 없고
> 단지 사랑만을 위해 결혼하는 것보다 어리석은 것은 없다.
> 〈존슨〉

며칠 전부터 혼수 물품 고르느라 이곳저곳을 분주히 다니며 좋아하는 모습을 보며 가족 모두는 덩달아 행복했단다.

사람은 본능적으로 변화를 두려워한다. 새로운 환경적응의 문제일 것이다. 한 가정을 이룸에는 필연적으로 겪어야 하는 엄연한 현실이다.

살아온 환경에 잘 길들여진 생활 습관이 너무도 많은 변화가 닥칠 텐데, 어떤 모습으로 적응하며 살아갈 것인지 걱정이 되는구나, 딸 가진 부모의 같은 심정일 게다.

네가 성장하면서 원만한 생활을 했다고 생각한다. 사람의 성품은 부모에게 길들여진 탓이 크고 길들이기는 주변 사람들에 의해 만들어지기도 한다. 멘토(mentor) 역할을 해준 사람들에게 고마운 마음을 가지고 살아야 할 것이다.

○○아파트에 살 때였다. 유치원에 갔다가 누구의 도움 없이 집을 찾아오는 것을 보고서 '이젠 혼자서 다닐 수 있다'는 생각에 대견스러워

하며 좋아하는 엄마의 모습을, 너는 기억하지 못할 것이다. 큰 사건이었다. 엄마아빠를 기쁘게 해 주었다.

초등학교 다닐 때, 아빠는 직장생활에 얽매여 일찍 퇴근하지 못하고 같이한 시간이 많지 않았다. 일요일 운동회 행사에 점심 먹었던 일이 전부였던 것 같다. 뭐라 할 말이 없다. 미안할 따름이다.

중학교 때는, 한 여학생의 어머니가 집을 찾아와, 너와 학습활동을 같이 하자고 청하기도 했었다. 남녀 동료 친구들을 구분하지 않고 잘 어울리며 학교생활에 성실한 모습이 보기에 참으로 좋았다.

고등학교 전학할 때, 엄마아빠는 많은 고민을 했었다. 학생폭력 사례가 매스컴을 통해 흘러 나왔고, 더 좋은 성적을 낼 수 있을까? 걱정을 했지만 무난히 졸업할 수 있어 고마웠다.

대학을 진학하면서, 네가 원하는 분야를 공부할 수 있게 환경을 마련한 것이, 너를 위해 한 일 중에 제일로 잘 한 일이었다고 생각한다.

절제하지 못한 대학생활이 못 마땅해, 듣기 싫은 야단도 많이 했던 것 같다. 세대차에 대한 이해가 부족했고, 뒷바라지를 넉넉히 해주지 못한 탓이었다. 반듯한 자식으로 키우기 위한 부모의 노력이었다고 생각해 주었으면 좋겠다.

황당한 캐나다 여행! 생각날 것이다. 해외여행을 한답시고 아빠를 따라 나섰던 일말이다. 공항 입국심사에서 여경이 장기체류를 의심하며 한 질문에, 여행코스 지도를 펴 보이며 서툰 영어로 답했지만 결국 거절당하고 말았다.

알아보니, 하루 전에 장기간 체류 의심 자들이 입국했다 하더구나,

학생처럼 보이는 사람은 모두 되돌아 올 수밖에 없었다. 유쾌한 일은 아니지만 추억거리로 기억하자꾸나.

취업 면접에서 답변을 잘 하지 못했다며 상기된 표정으로 나오는 너의 모습이 안타까웠지만, 세상살이가 만만치 않다는 것을 느끼는 계기가 되었을 것이다. 그래도 결과가 좋아 다행이었다.

사람은 어디에 있든 본인하기 나름이라고 한다.

음식 조리하는 일, 집안 청소, 아이 양육하는 일, 출퇴근, 그리고 시부모 모시는 일 등등, 한 가정의 아내로 아이의 엄마로 다복하게 생활하는 모습을 늘 바라보면서 살았으면 좋겠다.

저低출산

당신이 태어났을 때 당신은 울고 세상은 기뻐했다.
당신은 웃을 수 있는 삶을 살아야 한다.
〈화이트 엘크〉

손자가 이 세상에 태어난 지 두 돌이 되는 날이다. 그냥 지나치기가 허전하다.

아침, 일어나자마자 전화벨이 울려 받으니 아이 엄마였다. 저녁 식사를 같이 하자는 것이다. 보고 싶고 연락을 할 참이었는데 반가웠다.

케이크에 빨간 촛불 두 개가 새삼스레 보인다. 다 같이 생일의 노래를 불렀다.

"햇빛처럼 찬란히 샘물처럼 드맑게 온 누리 곱게, 곱게 퍼지옵소서. 뜨거운 박수로 축하합니다. 손자의 생일을 축하합니다."

손자가 입술을 오므리고 약한 숨을 여러 차례 내쉬어 겨우겨우 촛불을 껐다. 축하의 박수를 쳤다.

가족 수가 늘어난다는 것은 좋은 일이다.

우리나라 인구증가율은 최근 10년간 OECD 회원국 중 최하위에 머무르고 있다.

한국 인구는 1910년 이전에 출생율과 사망률이 높은 다산다사多産多死로 점증적 상승, 1945년까지는 다산감사多産減死로 빠른 속도로 증가했다.

6·25 이후 출생 붐(baby boom)이 일어 2.9% 상승하고 1970년에는 3,000만 명을 넘어섰다가 산업의 고도화가 이루어지면서 1% 이하로 떨어지는 소산소사小産小死, 즉 저低출산에 장수長壽형이다.

인구증가율은 출산율에서 사망률을 뺀 비율이다.

우리나라 출산율은 1.9%로 곤두박질쳤다. 인구변화에 민감할 수밖에 없는 것이다. 부부가 두 자녀를 두면, 2.0%로 현상 유지다. 그것도 사망률을 반영하지 않은 수치다.

국내에, 외국인이 3% 상당의 사람들이 살고 있고 매년 늘어나고 있다. 이런 추세가 계속된다면, 먼 훗날에는 한민족이 사라질 수도 있다며 언론 매체에서 걱정스러운 전망을 내놓았다. 심려하지 않을 수 없는 대목이다.

손자 첫돌 잔치에, 평소 도움을 준 친인척 등 가까이 지내는 사람들을 초청하였다. 식당 입구에, 아이가 집어들 '실타래, 연필, 청진기, 마이크, 돈' 등, 예상되는 물품을 선택하고 제비뽑기함에 집어넣고 입장한다.

손자가 집어든 것은 청진기였다. 이 물품 번호를 가진 사람들이, 성장해 의사가 될 거라며 환호성을 보냈다. 가족들이 돌아가며 추첨해 작지만 기념품을 전달하고, 마지막으로 '울 엄마' 책을 전달하는 이벤트를 하였다. 삶의 보람을 느낀다.

자식을 키우는 아기자기한 흥미를 알지 못하고 독신으로 살아가는

데는 수많은 어려움에 직면하게 될 것이다. 간섭받지 않고 하고픈 거 다하고 평생 행복을 누릴 수 있다는 판단은, 어쩌면 어리석은 일일 수 있다.

큰 성공을 이루어 부_富를 가졌다손 치더라도 대화할 가족은 아예 없고 지인 몇몇 등, 그 대상은 한정될 수밖에 없다. 일상에서 발생하는 사회문제에 부닥치면, 기댈 사람은 가족뿐인데 말이다.

세계 유수의 선진국은 인구증가율이 그리 낮지가 않다. 인구 1억은 돼야 딴 나라가 얕보지 않는다고 하던데, 우리나라 현실과는 너무나 비교가 된다.

미혼 위키러(Wikier), 베이비붐 2세대인 에코붐 세대, N세대, Y세대들의 심경心境이 달라져 출산율이 높아지는 날을 기대해 본다.

깜상이와 설담이

사람 사이의 신뢰는 깨어지기 쉽다.
그러나 충직한 개는 결코
우리를 배신하지 않는다.
〈콘래드 로렌츠〉

우리 집에는 강아지 두 녀석이 있다. '깜상이'는 슈나우저(Schnauzer) 계통의 믹스견(Max犬)으로 열네 살, '설담이'는 말티즈(Maltes)로 일곱 살이다.

퇴근하여 출입문을 열고 들어서면, 집을 잘 지켰다는 표시로 '탈 없이 잘 다녀왔냐?'는 듯이 멍멍 짖으며 펄쩍펄쩍 뛰어올라 손에 입맞춤을 해댄다. 강아지 딴에는 인사를 하는 것이다.

방에 들어와 두 다리를 쭉 펴고 앉으면 어김없이 '설담이'가 넓적다리 사이에 올라앉는다. 머리를 쓰다듬으면 꼬리를 있는 데로 흔들며 애교 부리는 모습을 보면서 애견 키우는 보람을 느낀다.

하지만 들판에서 이리 뛰고 저리 뛰면서 활보할 수 있게 환경을 제공하지 못하고 온종일 좁은 공간에 갇혀 살아가게 한다는 죄책감에 애석한 마음이 든다.

처음엔, 집에서 동물을 키운다는 선입견이 좋지가 않았다. 동물의 털이 날리고 배설물 냄새 등 건강을 해칠 거라 생각했기 때문이다.

어느 겨울날 큰아이가 주먹만 한 갓 태어난 강아지를 안고 왔다. 데려 가라고 소리치기도 했는데, 강아지 온 몸의 털이 까맣고 눈동자까지도 까만 녀석이 기어 다니듯 걷는 걸 보고서 정을 붙이기 시작했고, 검다(Black)는 의미로 '깜상이'라는 이름을 지어 주었다.

'깜상이'는 '슈나우저'처럼 생겼다. 단단하고 탄력적인 다리에 활동성이 강하고 자기주장이 강하며 사냥개 기질이 있다.

'설담이'는 순백색의 비단 같은 털과 까만 눈동자를 갖고 있어 예쁘다. 성격이 활발하고 애교가 있어 사람을 잘 따르는 반면에 질투심이 강한 품종이다.

'설담이'를 데리고 온 날부터 '깜상이'는 영역표시를 한답시고 거실 구석 화분에, 한쪽 다리를 들고서 오줌을 찔끔찔끔 쌌고 온 집안에 지린내가 진동했다.

화분을 내다 버리고 향수를 뿌리고 환기시키는 데 애를 먹었다. 따지고 보면 온 집안이 자기 영역인데 말이다. 경쟁자가 생겼다는 건데, 재미있는 일이기도 하다.

두 녀석이 정을 붙이는데 꽤 많은 시간이 걸렸다. 한 일 개월 동안 서로 해하는 행동을 하며 싸우기도 한다. 동물도 사귀는 시간이 필요한 모양이다.

동물은 서열이 있다. '설담이'가 '깜상이' 앞에서 까불어 대다가 해로운 행동을 하였다. 성난 '깜상이'가 달라 들자 도망가나 싶더니 벌렁 누어 '날 잡아 잡수시오.' 네 다리를 들어 올려 만세를 불렀다.

이를 보고서 모두가 한바탕 웃었다. 항복하는 동작이 너무도 우스웠다.

'깜상이'는 놀라운 습성을 가지고 있다. 집식구가 네 명임을 알고 있는 듯하다. 밤늦게 마지막 한 사람이 집에 들어올 때까지 출입문에서 기다린다.

강아지의 배를 방바닥에 대고 엎드려 앞 다리를 쭉 내밀고, 그 위에 이마를 얹은 자세로 눈을 지그시 감고 있다.

사람이 들어서면 멍멍 인사하며 반가이 맞이한다. 그러고서 보금자리로 가 잠을 잔다. 사냥개 핏줄을 이어받아 충성심이 대단하고 지능지수가 꽤 높은 듯하다. 보배로운 녀석이다.

어떨 땐 '깜상이'가 기다리고 있을 텐데, '빨리 귀가 해야지' 생각할 때가 있으니 한 가족이 된지가 오래되었다.

시골 명절을 쇠고 돌아오니 밤새껏 먹이를 입에 대지도 않고 출입문 앞에, 그 자세를 하고서 기다리고 있었다. 아마도 세뇌된 모션(Motion)인 듯하다. 강아지를 애먹이지 않기 위해, 될 수 있으면 집을 비우지 않기로 배려하고 있다.

두 녀석에 대한 여담이다. 처음에는, '깜상이'에게 음식물 먹이를 주었는데, 수數개월이 지나자 몸집이 불어나 비만이 찾아왔다. 강아지 배가 방바닥에 닿을 지경에 이르러 움직이기조차 힘들어 보였다.

동물병원을 찾았다. 애완용은 사료를 먹이고 전염병 우려가 있어 정기적 진료가 요구된다는 것이다. 강아지 키우기가 쉽지 않다는 걸 알

왔다.

'설담이'를 데려왔을 때는, 퇴근하고서 방에 들어서니 포개어 놓은 마대(굵고 거친 삼실로 짠 커다란 자루) 포대 가장자리를 이빨로 물어뜯어 흘러내리는 생쌀을 종일 먹은 것이다.

생쌀은 물기를 만나면 불어나는 성질이 있다. 쌀이 위장에 들어가 불어 부피가 커지고 호흡이 가빠지고 있었다. 얼른 애견병원을 찾아갔다.

수의사가 걱정하며 응급조치를 해 주었다. 수술까지 받을 뻔했다. 배부른지 모르고 먹어대는 통에 애를 먹었다.

애완견은 적당량의 사료로 사육하는 것이었다.

집 안에 살아 움직이는 강아지가 있음에 생동감을 느낄 수가 있어 삶의 원동력이 되고 있다.

탄천

태산은 흙과 돌을 가리지 않고
받아들여 그 높음을 이루었고양자강이나 넓은 바다는 작은
시냇물도 버리지 않았기에
저토록 넉넉해진 것이다.
〈한비자〉

징검다리

탄천炭川에는 징검다리가 여럿 있다. 도심 속에서 징검다리를 만난다는 건 대단한 행운이다.

디딤돌을 밟고 걷는 기분은, 꼭 시골에 온 것처럼 착각을 일으키고 향촌의 기쁨을 맛볼 수가 있다.

탄천은 경기도 용인에서 발원해 분당을 거쳐 '양재천'으로 흘러들어 가는 물줄기이다. 신도시가 들어서면서 양쪽 산책로 개천 둑에 돌을 쌓아올리고 더러는 시멘콘크리트를 설치했다.

물이 한데 모여 흘러 나가는 개천 중간 중간에 수해 방지용 보洑를 만들었을 뿐, 자연생태 그대로이다.

물살이 완류하는 곳에, 바윗돌 뿌리를 땅속에 묻고 납작한 부위를 위로 올려 사람이 디딜 수 있도록 만들어 놓은 것이다. 돌이 뒤뚝거려서 물에 빠질 염려는 하지 않아도 된다.

옛 생각이 절로 난다. 소백산 자락을 흘러내리는 '죽계천竹溪川'에 아무렇게나 물위에 드러난 바윗돌을 뛰어 건너다가 미끄러져 물에 빠지고 만다.

젖은 옷을 바위에 널어놓고서 태양이 구름에 가려 벌거벗은 몸이 추운 느낌이었다. 턱을 덜덜 떨며 태양이 빨리나오라고 노래 불렀었다.

징검다리는 중간에서 양쪽의 관계를 연결하는 매체다.

"장님 징검다리 건너듯 한다."

현자는 똑같은 불행을 두 번 당하지 않게 하는 매개체가 '징검다리'다.

"처음 승리는 튼튼한 징검다리다.(The first win is a massive stepping stone)"

이 격언은 어떤 일을 하던, 신중을 기하라는 가르침이고 한 번의 소원 성취를 교훈삼아 더 높은 이상理想을 실현하는 데에 초석으로 삼으로라는 뜻이다. 새겨들어도 괜찮은 말이다.

탄천 여울목의 징검다리 한 가운데서 디딤돌 사이로 물방울 꽃을 만들며 물살을 가르며 흐르는 맑고 깨끗한 물로 땀에 젖은 얼굴을 씻고 지나가곤 한다.

징검다리도 두들겨 보고 건너라는 옛 선조의 깊은 뜻을 되새기며 삶의 여유를 만끽하며 말이다.

철새 〈비오리〉

탄천 산책로는 눈[雪]이 내려 다져져 미끄러웠다. 조심스레 걷다가 물줄기 반대쪽에, 기다란 렌즈(Lens)의 삼각대 망원경으로 무언가를 보고 있는 사람이 있었다.

징검다리를 건너 다가가 "뭘 보고 계십니까?" 묻자,

"오늘은 '비오리'가 모처럼만에 나타났어요. 물고기를 잡아채는 장면을 찍었어요!"

혼잣말을 하면서 관찰하느라 열심이었다.

한참 지나, 하던 동작을 멈추고 그가 말했다.

"분당에 사세요?"

"예, 아랫마을에 살고 있습니다." 나와의 이야기가 시작된 것이다.

그는 '오털보'라 소개하고 휴일이면 이곳에 나와 겨울철새가 노니는 광경을 즐겨 본다면서 "탄천에는 많은 조류가 서식하고 있는데 가끔 '비오리' 같은 희귀한 철새가 나타난다."고 했다. 그는 새 박사였다.

사진기에 눈을 가까이 대고 촬영한 그림을 보니, 긴 부리로 물고기를 물고 있는 모습, 날갯짓하며 이리저리 숲속을 드나드는 장면을 볼 수가 있었다.

인터넷 '오털보' 카페(Cafe)에 들어가면 탄천의 철새들을 볼 수 있다며 도메인(Domain) 주소를 알려 주었다.

물줄기에 크고 작은 새들이 무리지어 다니고 있다. 이 길을 수없이 다녔지만, 다양한 조류가 찾아온다니 놀랐다.

그다음부터는 사진기를 늘 가지고 다녔다. 알아 볼 수 있는 새[鳥]가 있다. 황새, 잉꼬, 청둥오리, 쇠오리, 왜가리 등이다.

그런데 '털보박사'가 일러준 '비오리'를 발견하지 못하다가 늦게야 찾아냈다. 카메라(Camera) 렌즈를 밀었다 당겨 초점을 맞추고 셔터(Shutter)를 눌렀다. 스냅(Snap) 사진도 찍었다.

'비오리'는 겨울철에 남하하여 하천과 호수 등 주로 담수에서 겨울을 난다고 한다.

한강 밤섬, 팔당댐 하류 등지로 찾아오고 몸길이 65㎝, 등은 검은색, 배는 연한 붉은빛이 도는 흰색을 띤다.

첫째날갯깃은 검은색, 날개덮깃과 둘째날갯깃은 흰색, 부리와 다리는 붉은색이다.

수컷의 머리는 검은 녹색, 깃털은 길지 않다. 암컷은 머리가 밤색이고 목은 흰색, 가슴·옆구리는 회색을 띠며 밤색의 머리와 흰색 목의 경계가 뚜렷하다. 둘째날갯깃은 흰색, 날개덮깃은 회색이다.

귀한 조류다. 이름을 처음 들어보지만, 몸체에 여러 가지 색깔의 털이 덮이어 아름다웠다. 철새에 대한 견문을 넓히는 기회였다. 좋은 겨울 취미가 될 것이다.

분당천 얼음

분당천은 율동공원에서 탄천으로 흘러가는 지류支流로 유로연장 3.6

㎞의 개천이다.

개울둑에 우거진 버드나무, 갈대 등 수풀을 그대로 살리고 돌쌓기를 하여 사람이 다닐 수 있도록 정비한 천川이다.

날씨가 추워지자 물줄기가 얼어붙고 제법 많은 눈이 내려앉았다. 얼음 위를 걸으며 생각난 건, 어릴 때 얼음지치기다.

야산 산등성에서 흘러내리는 물이 얼어붙은 울퉁불퉁한 경사면에 '시겟도'에 올라 앉아 나무막대기에 달린 송곳으로 얼음을 좌우로 찍어 방향을 잡고서 질주해, 장애물에 부딪혀 다치고 상처를 입기도 했다.

'시겟도'는 스케이트의 일본식 발음인데, 판자조각으로 방석크기 만하게 손으로 짜서 만들고 그 밑에 양옆으로 굵은 철사를 덧대 얼음 위에 미끄러지도록 만든다.

베이비붐세대는 이것을 타고 겨울철을 즐기는 유일한 놀이 기구였다.

『관촌수필, 일락서산日落西山』은 5, 60년대를 회고하는 글이다.

한국 전쟁으로 인해 집안이 기울어 타관생활 20여 년 만에 고향을 찾아 소년시절을 회상하면서 불행을 초래한 시대적 의미를 형상화하였다.

"기억 속에 고이 간직한 유년시절 향촌의 모습은 이제 찾을 길이 없고 인격 형성에 결정적인 영향을 주었던 어른들은 이제 모두 이승을 떠났다.

고색이 창연하던 옛 고향은 추억 속에서만 맴돌 뿐 눈앞에 펼쳐진 시골의 모습은 근대화의 물결에 의해 변모되어 가고 있는 생소한 고장이다. 나는 분명 실향민인 것이다." 수필 줄거리다.

농촌 부엌아궁이에 군불 때던, 장작 대신에 기름연료를 쓰고 일소가 논밭갈이 하던 농사도 트랙터(Tractor)가 하는 세상이다. 농촌이 도시화 된 것이다.

넉넉한 시골 민심은 사라지고 인심마저 사나워져서 세상은 야박해 지고 있다.

살아나가기가 힘들면 사람들의 착한 마음도 이지러진다고 하던데, 그런 걸까?

이 얼음길을 뒷짐 지고 거닐며 유년기 시절의 추억을 떠올린다. 고향 을 떠나 사는 사람들의 회상일 것이다.

걱정거리 하나 없이 지냈던 그리움에, 일상의 짐 덩이 하나를 내려놓 는 여유를 느끼곤 한다.

쥐똥나무 열매

탄천로炭川路 주변에는 자연적으로 씨 뿌려져 수풀을 이루고 있다. 눈 덮인 겨울날이다.

길을 걷다가 줄기와 잎이 마른 갈대와 억새, 낙엽활엽수가 뒤섞여 우 거진 숲속에 털모자를 눌러쓴 사람이 무언가를 하고 있다.

궁금해 뒤따라 다가갔다. 할아버지가 비닐봉지 아가리를 열고 열매 를 따 담는 일에 열심이었다. 들여다보니, 오롱조롱 셀 수 없을 만큼 검정색 과실이 실하게 여물었다.

"할아버님, 이 나무가 무슨 나무에요?" 물으니,

"이 곳에는 쥐똥나무가 그리 많지 않은데, 열매가 옹골지게 달렸어요. 10월에 수확하는 것인데 늦었습니다."라며, 할머니 건강이 걱정돼 열매를 딴다고 하셨다.

쥐똥나무는 도로가나 공원에 줄지어 심고 나무 상단을 잘라내어 외관을 보기 좋게, 울타리용으로 경계 짓는 수목인 걸로만 알았는데, 이곳 나무는 야생이라 열매가 달린다고 한다.

열매는 허약체질에 특효가 있고 구토나 피를 토하는 토혈증상, 강장을 보호하는 역할을 한다. 한방에서 처방하는 약재로 통증을 완화시키는 약효가 있다.

나무 이름이 쥐똥이라니, 열매가 꼭 쥐똥처럼 생겼다. 1960년 후반, 중학교 다닐 때이다. 온 마을의 집 뒤껼, 너절한 대청마루 아래 땅바닥, 들판 논두렁 등에 쥐똥이 수두룩했고, 볏가리(볏단을 차곡차곡 쌓은 더미)와 뒤주간(나락을 보관하기 위해 나무로 지은 창고)에는 나락을 까먹고 배설한 쥐똥이 수북이 쌓였다. 이빨이 날카로워 가재를 갉아 못쓰게도 한다.

그래서 쥐잡기 운동을 폈다. 개체수가 늘어나 9천 마리가 서식하고 쥐가 먹어치우는 식량은 한해 240만 섬, 240억 원 어치로 곡물 총생산량의 8%에 이르렀다.

'쥐는 살찌고 사람은 굶는다. 쥐를 잡아 없애자. 일시에 쥐를 잡자. 쥐약 놓는 날, ○일 오후 7시' 등의 현수막 구호를 담벼락에서 늘 볼 수가 있었다.

학교에서도 동참하였다. 종례시간에 쥐꼬리 다섯 개씩 가지고 등교

하라고 해, 오른손에 책가방 왼손에는 쥐꼬리가 매달린 새끼줄을 들고 교문에 들어서면, 선생님이 검사 하고 보상으로 연필 다섯 자루를 주었다. 쥐잡기 운동에 기여한 바가 있다.

또, 송충이가 극성이었다. 소나무에 떼로 달라붙어 솔잎을 갉아먹는 광경이 안타까웠다. 꼭 X트리를 연상케 할 정도이다. 수업을 마치고 산에 올라 집게로 한 마리씩 잡아 땅바닥에 놓고서 발로 밝아 짓이기니 파란색의 내장이 터져 사방으로 튀었다. 송충이 잡는데도 일조를 했다.

식목일에는 벌거벗은 산등성에 나무심기를 했다. 그때 식재한 나무가 수풀을 이루고 있다. 보람을 느낀다.

나무는, 생물이 배출하는 탄소화합물을 산소로 만들어 사람에게 공급하는 소중한 재산이다.

할머니가 쥐똥나무 열매를 섭취하고 건강이 호전됐으면 좋겠다.

3

국내외여행

여행할 목적지가 있다는 것은 좋은 일이다.
그러나 중요한 것은 여행 자체다.
〈어슐러 K. 르귄〉

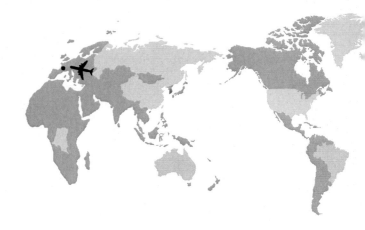

파리

김포공항을 출발해 13시간 비행 끝에 파리 '오를리' 공항에 도착하였다. 오후 늦은 시간이다. 일행은 센(Seine) 강을 향해 버스를 탔다.

퇴근 시간인지 도로가 복잡하다. 첫눈에 들어온 장면은 늘어선 차량 도로가에, 한 시민이 차를 세워 놓고서 메모지를 든 경찰관과 협상하고 있다. 교통질서를 준수하지 않은 듯했다. 젊은 시민이 인정하고 금세 끝내는 모습이었다.

해질 무렵이다. '바토뮤슈(Bateaux Mouches)' 유람선에 탑승했다. 날쌘 바람이 으스스하다. 점퍼 차림에 머리카락을 날리며 강줄기를 따라 지나는데 어둠이 깔린다. 일정상 '알마다리'를 지나 에펠탑(Eiffel Tower)에서 내리는데, 324m의 철탑 야경이 아름다운 풍치이다.

숙소로 이동해 여장을 풀었다. 가이드(Guide)가 한 말이다. 호텔 측에서 한국인 관광객을 받아들이기 꺼려한다고 한다. 이유를 물었다. 화장실 사용법을 알지 못한다는 것이다. 해외 나들이를 하지 못해 발생하는 일이다. 누군들 알고 태어난 사람이 있던가? 씁쓸한 마음이었다. 주의할 일이지만, 신경 쓸 일이 아니다.

다음날, 샹젤리제(Champs Elysees) 거리에 위치한 ○○○호텔에서 '베르사유 궁전(Versailles Palace)'으로 이동하였다.

대궁전! 웅장함 그 자체였다. 본관 2층에 들어서니 '∩'모양으로 뚫어진 채로, 쭉 늘어선 기둥 위의 아치가 연속으로 이어지고 높은 천장에 매달린 현란한 유리조형물이 아름답고 근엄한 자태에 압도당하고 만다.

아치 천장 벽면에 석회를 바르고 채 마르기 전에 수채로 그렸다고 하는데, 옛 모습 그대로 재현해 놓은 광경이 호화로웠다.

이곳이 '거울의 방'이다. 넓이가 230여 평坪으로 방대하다. 북쪽 끝에 '전쟁의 방', 남쪽에는 '평화의 방'이 자리하고 있다.

전쟁의 방에는 말을 타고 적을 물리치는 타원 모양의 위엄 있는 부조(浮彫, 평면상에 형상을 입체적으로 조각하는 조형기법)가 새겨져 있고, 평화의 방에는 유럽평화를 확립한 루이(Louis) 14세의 모습이 그려져 있다. 궁정 의식을 치르거나 외국특사를 맞을 때 사용하였다 한다.

680m나 되는 궁전 내부를 둘러보는 데는 시간이 턱없이 부족하다. 일부만 관람할 수밖에 없다. 아쉬움이 많았다.

밖으로 나오니, 한눈에 볼 수 없는 광활한 수목이 펼쳐져 있었다. 정원 길을 따라 한참을 걸어 궁전 끝에 다다르니 광활한 대운하가 나타났다.

루이 14세는 궁전 서쪽으로 뻗은 기본 축을 중심으로 대운하를 배치하고 만든 정원이다. 꽃밭과 수풀을 경계 짓는 울타리, 분수대에서 물줄기가 치솟아 오르는 광경이 자연경관과 조화를 이루고 있다. 정원의 걸작이라는 말이 무색치가 않다.

다음 목적지인 에펠탑으로 향했다. 이 탑을 관광하려면 한두 시간 줄서서 기다려야 한다고 했는데 한산하다.

제1전망대에는 전시공간이 마련돼 있었다. 프랑스 혁명 100주년을 기념해 개최한 파리 만국박람회 때, '귀스타브 에펠(Gustave Eiffel)'이 설계하고, 센 강 서쪽 강변에 드넓은 '샹 마르스(Champs de Mars)' 공원 끄트머리에 세웠다.

당시, 우아한 파리 모습과 어울리지 않는 '철골 덩어리'라 하여 많은 지식인들이 비난하였다. 소설가 '기 드 모파상(Guy de Maupassant)'은 에펠탑의 모습이 보이지 않는 이 철탑 안의 레스토랑에서 밥을 먹었다는 일화가 전해진다.

제3전망대에 올랐다. 가장 높은 전망 테라스(Terrace)이다. 망원경을 360도 회전하며 바라보았다.

건물 높이가 일정하고 벽돌을 쌓아올려 지은 묵직한 가옥들이 넓은 평야에 자리한 모습이 고대 도시임을 단박에 알 수가 있다.

경계 지어진 도로는 한가롭고 도시를 가로지른 센 강 물줄기는 원근 현상으로 멀리 끝이 좁아져 사라진 듯하고, 강물이 어느 쪽으로 흐르는지 가늠치 못해 발원지가 어딘지 궁금할 따름이다. 더할 나위 없이 멋진 풍경이다.

센 강 가운데 '시테(Cite)'섬 촌락을 시작으로 중세 요새도시要塞都市로 발달해 지금에 이르는 고도를 접하는 귀중한 체험이었다.

숙소로 오는 길에, 프랑스 최대의 번화가 샹젤리제 콩코르드 광장 (Place de la Concorde)에 내렸다. '오벨리스크(Obelisk, 고대이집트 왕조 때 태양신 앙의 상징으로 세워진 기념비)'가 하늘을 찌를 듯이 치솟은 이곳은 프랑스 대혁명의 상징이고, 수많은 시민이 민주화를 외치는 함성이 들리는 듯하다.

20분가량 시가지를 구경하며 도착한 개선문은 나폴레옹(Napoleon)의 전승을 기념하기 위해 만든 기념문으로 높이 50m 너비 45m의 건조물이다. 사진으로 보던 것과는 달리 거대하다.

아치형 아래 통로는 허락된 영웅만이 통과할 수 있는데, 1945년 독일 지배 하에서 벗어난 '샤를 드골(Charles De Gaulle, 프랑스 군인 정치가)'장군이 당당히 행진하였다.

기념문 원주圓柱 등에 나폴레옹 공적을 조각하여 새겨 넣은 부조는, 가까이 들어가 보지 못했다. 이를 배경으로 사진만 찍었다.

유럽 각국의 화폐 '프랑(Franc)', '마르크(Mark)', '파운드(Pound)' 등이 유로달러(Euro Dollar) 일원화로, 국경을 허물고 환전이 쉬워져 쇼핑하기가 수월하다. 그래서 그런지 원형 로터리 도로를 지나는 영국 독일 넘버 자동차가 눈에 띈다.

다음날, 세계적인 미술관 '루브르 박물관(Musee de Louvre)'에 도착하였다. 유리 피라미드에서 기념 촬영하고 안내센터에서 구입한 가이드북 순서대로 관람하는 것이다.

반 지층과 1층은 고대 미술품과 조각품을 전시하고 있다. '대화랑 정경'이 유리로 이뤄져 있어 자연광으로 입체감 있는 작품을 감상할 수 있고, '아폴론 화랑 정경' 천장에 화려한 장식 그림이 시선을 끈다.

팔등신 미인 '밀로의 비너스(Venus of Milo)'는 두 팔이 없는 상태로 발굴된 지명에서 유래한 데서 붙여진 이름이다. 책에서만 봤던 비너스와는 달리 정말 빠져들 듯 한 모습이다. 가이드 말에 의하면 잘린 팔이 계산된 미의 완성이라고 하던데, 한 손에는 사과를 들고 있지 않았을까?

사랑으로 태어났다는, 잠들어 있는 두 개의 조각상 '헤르메스(Hermes)·아프로디테(Aphrodite)'는 남성과 여성이 결합되어 있다. 신비롭고 아름답다.

미켈란젤로의 '죽어가는 노예' 대형 조각은 기둥에 기대어 눈 감고 선 건강한 모습이 노예처럼 보이지 않는 것은 뛰어난 예술성에서 나오는 감각이 아닌가 싶다.

'에티엔 모리스 팔코네(Falconet, Etienne Maurice)'의 대리석 조각 작품 '목욕하는 여인, 크로톤의 밀로(Milo de Crotone), 위협하는 에로스(Eros), 피그말리온과 갈라테이아(Pygmalion and Galatea)' 등이 나란히 전시돼 있다.

키프로스 왕 피그말리온이 흰색 상아로, 이 아름다운 여인 조각상을 만들었다. '간절히 원하면 이루어진다.'는 좋은 뜻을 가지고 있고, '다른 사람에 대해 기대하거나 예측하는 바가 그대로 실현된다.' 피그말리온 효과의 전설이기도 하다.

가이드가 2층, 큰 계단 난간으로 안내하였다. 먼 거리에서 바라다 보이는 동상이 승리의 여신 '사모트라케의 니케(Nike of Samothrace)'다. 거대하다. 머리와 팔은 잘려나가고 날개를 활짝 펼쳐 가슴을 내밀어 날아갈 듯한 모형이다. 니케 이미지는 전쟁, 운동경기, 시정논쟁에서 승리의 상징이라 한다.

들라크루아(Delacroix)의 민중을 이끄는 '자유의 여신', 레오나르도 다빈치의 '동굴의 마돈나', 대리석 조각 '크소아논(Xoanon)', 석회석 조각 '사왕의 비', 근엄한 '람세스 2세(Ramesses II) 좌상' 등을 관람하였다.

2, 3층에는 회화繪畵 종류가 주로 전시돼 있다. 나폴레옹 3세의 일상을 전시해 놓은 그릇, 접시, 컵 등 가재도구 등 금빛의 향연, 웅장한 실내, 힘에 넘치는 나폴레옹 그림, 신기하고 놀라웠다. 얼마나 대단한 취급을 받고 살았는지 느낄 수가 있다.

십자가에 내려지는 예수, 성 니고데모, 세례 요한, 유대교회당 등은 세상을 바꾸어놓은 크나큰 인류의 변천이었기에, 작은 조각품이지만 거대하게 보였다.

레오나르도 다빈치의 '모나리자(Mona Lisa)'상 앞에는 많은 사람이 몰려 관람하고 있다. 멀찌감치 볼 수밖에 없다. 눈썹까지 완벽하게 그렸다면 지금처럼 유명세를 탔을까, 미완성이 가지고온 높은 관심이다.

성대한 '나폴레옹 대관식' 작품은 많은 사연이 들어 있다고 한다. 그림을 그린 작가는, 훗날 그려준 것을 일생의 후회로 느끼게 되고 나폴레옹은 이 그림을 통해서 무언가를 보여주고 싶었을 테지? 지나친 생각일까.

호라티우스 3형제가 제국을 위해 죽음이나 전쟁의 승리를 아버지 앞에서 맹세하는 다비드(David)의 '호라티우스의 맹세(Oath of the Horatii)', 젖꼭지를 만지는 '가브리엘 데스트레와 그 자매' 작품은 다산 多産의 의미가 있다고 한다.

엽서 네 장 크기의 '바느질하는 여자'는 바늘쌈지에 한참이다. '속임수 사기꾼'의 왼손에 숨겨진 에이스 두 장이 교묘하다. 여성 허리의 美를 길게 묘사한 도미니크 앵그르의 '그랑드 오달리스크(Odalisque)', 가나(Cana)의 '결혼식', 민중을 이끄는 '자유의 여신', 틴토레토(Tintoretto)의 '남자의 초상', 들라크루아의 '단테(Dante)의 배', 마네(Manet)의 '검정 모자를 쓴 여인', 안 루이 지로데(Girodet, Anne Louis)의 '대홍수' 등등의 작품을 보았다.

회화, 조각, 장신구 등 수집된 작품은 고대에서 19세기까지의 모든 분야를 망라하고, 등록이 완료된 것만 총 20만 점이 넘는 거대한 박물관이다.

선구적인 위치를 차지하고 있는 수많은 작가의 예술 작품을 한눈에 볼 수 있는 좋은 기회였다.

다음날 아침 일찍, 숙소를 나섰다. 매력적인 관광지 '몽마르뜨(Montmartre)' 언덕에 간다. 파리 번화가에서 좀 떨어져 있고 제일 높은 곳이다.

가이드가 일러 주었다. 흑형('몽마르뜨' 언덕 주변에서 장사하는 사람)과 집시무리 등 야바위꾼들이 기념품을 강매하니 주의하라는 것이다. 일설에, 색실을 무조건 손목에 걸면서 팔찌를 짜 준다며 비싼 돈을 요구하는 무리가 있었다고 했다.

일행이 버스로 이동해 초입에 들어섰다. 완만한 도로를 걸어 언덕길에 다다르니 곳곳에 흑형들이 많은 보따리를 펼쳐놓고 상행위를 하고 있는데, 팔찌를 내보이며 사라는 듯이 말을 걸어왔다. 눈을 마주치지 않은 채 냉정하게 No! No! 하고 지나쳤다.

'몽마르뜨' 언덕에 대성당이 자리하고 있다. 성당 이름 '사크레쾨르(Sacre-Coeur)'는 '성스러운 마음'이라는 뜻으로 하얀색의 파사드(Facade)와 높은 돔이 특징인 비잔틴 양식의 건축물이다.

프랑스가 프로이센(Preussen) 전쟁에서 패한 뒤, 세상을 떠난 병사들을 추모하고 침체된 국민의 사기를 드높이기 위해 모금한 돈으로 만들었다.

성당 앞에는, 백년전쟁기百年戰爭期 구국소녀 '잔다르크(Jeanne d'Arc)' 동상이 높이 솟아 있는데, 파리 시내 몇 군데에 세워져 있다. 우리나라 유관순 열사가 생각난다. 국가가 내세울만한 위대한 여성들임에 틀림이 없다.

현관에 들어서니, 천장에는 화려한 모자이크로 장식돼 있고, 웅장한 외관에 비해 관람할 수 있는 내부가 상대적으로 작다. 조용하고 엄숙한 분위기다. 보불전쟁普佛戰爭 영향력이 아닌가 생각된다.

성당 앞에는 푸른 잔디밭이 펼쳐지고 의자도 곳곳에 있어서 쉬면서 파리 시내 전경을 감상할 수 있다. 높은 건물은 저쪽 '라 데팡스(La Defense)' 구역에만 몰려 있고 나머지는 옛 모습 그대로 유지하고 있다. 아름다운 풍경이다.

언덕에서 조금만 내려오면 '테르트르 광장(Tertre Place)'이다. 의자에 앉은 한 관광객의 얼굴 그리기에 열심인 화가를 보고서 추억의 내 모습을 그려보고 싶었지만 일정에 바빠 돌아섰다.

예전에는 자격을 인정받은 예술가들이 초상화를 그려주는 곳으로 유명한데 지금은 그저 관광객들을 유혹하는 정도란다.

좁은 도로를 따라 내려오며 뒤돌아보니, 올려다 보이는 대성당이 언덕 주변 집들과 어우러진 수풀이 평화롭다.

번화한 레스토랑 거리에 들어서는데, 시멘트 벽면에서 튀어 나올 듯한 한 조각이 보였다. 사람의 인체가 숨겨지고 가슴과 머리, 오른팔과 왼발 그리고 왼손만 드러난 '벽을 뚫는 남자' 형상이다.

프랑스 소설가 '마르셀 에메(Ayme, Marcel)'가 쓴 같은 이름의 단편소설을 뮤지컬로 만들어 유명해진 작품이다. 다들 왼손을 만지며 사진을 찍은지라 색깔이 변하고 반질반질하다. 이 손가락을 잡고서 기념촬영을 하였다.

풍차모습을 한 '물랭 드 라 갈레이트(Le Moulin de la Galette)' 레스토랑이 자리하고 있다. 오르세 미술관(Orsay Musee)에 있는 르누아르(Renoir) '물랭 드 라 갈레이트 무도회' 작품의 배경이기도 하다. 로트레크(Lautrec), 앙리 드 툴루즈(Henri de Toulouse), 고흐(Gogh) 등이 자주 찾았던 역사 깊은 음식점이다.

'몽마르뜨' 언덕은 피카소(Picasso), 헤밍웨이(Meingway) 등 유명한 예술가들이 사랑했던 곳으로 알려져 있다. 언덕 주변에 얽힌 많은 이야기와 그 숨결이 고스란히 남아있는 거리다.

그들이 살던 집, 숙소 등 하나하나가 특색이 있고 음식점이 몰려있는 멋진 곳이다.

베를린

파리 '샤를드골' 비행장을 출발해 독일 '테겔' 공항에 도착하는 데는 많은 시간이 소요치 않았다. 베를린 ○○○호텔에 여장을 풀고 잠에 빠져들었다.

다음날, 작센하우젠수용소(Sachsenhausen-Oranienburg)로 가는 중에 가이드의 설명이다. 유대인들이 베를린 북서쪽, '오라니엔부르크(Oranienburg)' 역에서 내려, 앞뒤 사람과 사슬을 매고서 3km를 두 시간 걸어 수용소로 끌려온다.

수만 명의 사람들이 돌길을 걷는 두 시간 동안 무슨 생각을 하였을까? 분명, 죽음의 공포에 떨었겠지, 참으로 소름끼치는 일이 아닐 수 없다.

일행은 가스수용소에 도착해, 차에서 내렸다. 입구에서부터 노출콘크리트 벽으로 강렬하게 공간을 분리시키고 상단에는 철조망이 쳐져 있다. 꼭 이세상과 저세상을 구분 짓는 것 같다.

담장 위에 일정한 거리마다 감시탑이 설치돼 있으니 누군들 도망갈 생각이나 할 수 있었을까, 벌써부터 긴장되고 무서움이 앞선다.

수용소에 들어섰다. 요철(凸) 모양의 건물이 턱 버티고 있다. 당시에는, 이 중앙의 좁은 철문 하나만을 여닫고 드나들었을 것이다. 아니, 들어갈 수만 있지 살아서 나온 사람이 과연 있었을까? 이 문을 통과했을 자들의 공포가 느껴진다. 저승으로 가는 마지막 문이라 생각하니 눈이 뜨거워진다.

유태인 관련 기념 추모 박물관은 독일이 사죄하는 뜻에서 입장료를 무료로 개방하고 있다. 들어가려는데 근처 철문 덩어리에 '노동이 너희를 자유롭게 하리라.(ARBEIT MACHT FREI)'는 글귀가 의미심장케 한다.

이 문구는 '일하면 자유로워진다. 노동으로 자유를 쟁취하라.' 등으로 번역한다는데 그럴싸한 말이다.

담장 안에도 2중, 3중으로 철조망을 설치해 놓았다. 왼쪽으로 향하니 '중립지대(NEUTRALE ZONE)' 푯말이 나온다. 뭘 말하는 것인가? '특정구역!' 의문스럽다.

수용소 건물은 삼각형 방사형으로 자리하였고, 불에 타거나 소실된 잔재만이 남아 있는 곳에 진한 검정색으로 흐릿하게 표시해 놓았다. 알아 볼 수가 없다.

박물관 현관에 들어서자 맞은편 벽면에 대형 그림이 붙어있다. 철망에 유대인들이 매달려 있고 바닥에는 아무렇게나 흩어져 쓰러진 모습, 그 중앙에 총을 멘 감시자가 버티고 서있다. 보는 것만으로도 두려움을 느낀다. 그 자리에서 한참을 서 있었다.

좌우 방 벽면에는 인물사진 액자가 여럿 걸려 있다. 가이드가 하나하나 설명하며 돌면서 관람하는데, 수용소에 근무했거나 이와 관련된 인사들이다.

유대인 후손들이 이들의 가족3대 모두를 찾아내 목숨 줄을 끊었다고 한다. 그들은 한 사람도 이 세상에 없다. 죄 값을 치렀다고 하지만, 미흡하다. 사람을 살육했기 때문이리라.

이곳에는 어떻게 고문했는지, 어떻게 고통을 주었는지, 가림 없이 그대로 노출돼 있다.

수십 평의 좁은 방에 250명이 지냈다는 방, 돌아눕기도 쉽지 않은 좁은 공간의 2층짜리 공동침대와 그 앞 책상에서 식사와 노역이 이루어진 공동 숙소, 벽체를 따라 다닥다닥 설치한 대변기와 작은 방 중앙에 둥근 양동이만 덩그러니 남아 있는 공동화장실, 수백 사람이 한꺼번에 사용하였다는 작은 샤워장, 손잡이와 정첩이 떨어져 나가고 부서질 듯이 목재옷장, 65308번이 적힌 유대인이 입었던 상의, 녹슨 체중계와 신장계 그리고 유리약병, 수백 명을 몰아넣고 가스를 피운 깡통을 놓아 둔 여러 개의 수용소 방, 타일을 깔아 만든 인체 실험실, 바닥 밑에 발을 끼우고 상체를 꼼짝 못하게 묶어 걸쳐놓고 목숨이 끊어질 때까지 온갖 고문을 가하였다는 나무틀 등등, 황량한 내부였다.

그런데, 중요한 인사들을 수용한 개인 수용시설 출입문에서 발걸음을 멈췄다. 밥도 주지 않고 감금해 놓아, 사람들이 나오려고 문을 심하게 두드려 철문이 군데군데 찌그러져 움푹 파였고 손톱으로 긁어 피 흘렸던 자국들이 어렴풋이 남아있다. 얼마나 고통스러웠는지 짐작이 간다. 당장 생각난 것은 '왜 그렇게까지 했을까?'였다.

당시 상황을 가늠해 볼 수 있는 낙서와 그림 등이 방방에 많았다. 죽음을 넘나들며 할 수 있는거라곤 이것 밖에 없었으리라. 참혹한 장면이다.

대문을 열고 지하로 내려가는 계단통로를 걸어 들어가는 기분이 을씨년스러웠다. 거기에는 생체실험실이 있다고 했다. 후프 형식의 구조인데, 두 발로 걸어간 사람이 시체가 되어, 지하에서 지상까지 들것으로 옮겨지기 쉽게 하기 위해 설치했다고 한다. 섬뜩한 생각에 발걸음을 돌렸다.

마당에는 나무기둥 꼭대기에 큰 침이 박혀 있다. 아침마다 열리는 공동회의에서 벌을 받아야할 사람을 철심에 매달았다. 히틀러(Hitler)에 대항했던 정치인, 종교인들이 이곳에서 죽음을 맞이했다고 하는데 '처형'이라는 단어가 겁이 난다.

쓰러져가는 유태인을 형상화한 동상이 세워진 자리가 있다. 유대인들을 태웠던 시체소각장이다. 생체실험하고 난 뒤에 바로 이곳으로 옮기고 옆 자리에서 총을 쏴 죽인 유대인들을 태웠던 화장터이다.

가이드 말에 의하면, 실험은 다양하게 이루어졌단다. 동성애자들을 수용해 관찰하고 성행위를 요구하기도 하고 인종학적, 생물학적 열등 그룹으로 구별해 무차별적으로 고문하였다. 위조지폐로 강제노역 대가를 지불하고 건강한 사람에게 마약을 투약해 생체실험을 했다고 한다.

가스실에서 유대인을 말살했던 것은, 그렇게도 우월하다고 자부하는 독일 순수 인종을 지키기 위해서였다. 잔인한 것은 순수 독일 아리아 인종을 배양하기 위해 계획적으로 남녀 성관계를 유도해 2만여 명의 사생아를 양산했다는 것이다. 정말로 끔찍하다.

세월이 지나 독일인들은 무릎을 꿇고 사죄하였다. 그러나 일본은 어떤가, 입에 담지 못할 만행을 저지르고도 박물관 하나가 없다. 자료 숨기기에만 급급한 인간들이, 같은 하늘 아래서 숨 쉬고 산다는 게 한심하다. 언제까지 부귀하며 살아갈 것인지? 두고 볼 일이다.

일행은 상수시궁전(Park Sans Souci)으로 이동하였다. 들리는 말에, 베를린에 가면 상수시궁전을 관광하라, 여름 수풀이 우거질 때가 더욱 좋다.

공원 입구에 들어섰다. 드넓은 광장에 잔디밭이 펼쳐지고 중앙 연못 대분수의 물줄기가 솟구치며 주변의 녹음과 어우러진 전경이 시선에 다가선다.

양옆으로 비껴서 건축한 삐죽한 지붕에 풍차가 설치돼 있고 멀리 언덕 위에 궁전이 자리하고 있다. 멋진 풍경이다.

오르는 길에 정원을 둘러보았다. 돌 틈새에 난 이끼는 세월의 흔적이 느껴지고 피어오르는 잔디 이파리가 유난히 파랗다. 분수 물줄기가 올랐다 떨어지면서 일렁거리는 연못 물속에 물고기가 노닐고, 5월의 따뜻한 날씨에 물오리 조류가 물밖에 나와, 커플끼리 머리를 맞대고 졸고 있는 광경이 한 폭의 그림 같다.

계단을 올라 궁전 처마 밑에 올라섰다. 황금색의 상수시 궁전 'SANS SOUCI' 문구가 작지만 화려하다.

가이드가 일행을 불러 모아 이야기를 하였다. 상수시 궁전은 가로 97m의 단층 건물로, 지붕 가운데에 푸른색 반구형 파사드가 있는 로코코 양식으로 지었다. 내부에는 볼테르의 방, 대왕의 방, 갤러리, 도서실 등 화려한 방이 있다.

프리드리히(Friedrich) 왕국 빌헬름(Wilhelm) 1세에 이어 왕위에 오른 프리드리히 2세는 오스트리아와의 '슐레지엔(Schlesien)' 전쟁에서 승리하자 포츠담에 자그마한 별궁을 짓기로 마음먹었다.

정무에서 도피할 작고 조용한 은신처를 원했는데, 궁전을 직접 스케치해서 '게오르크(Georg)'에게 보냈고 이 아이디어를 바탕으로 공사에 들어가 1747년에 궁전이 들어서게 되었다.

처음 지어진 궁전은 아담하고 작았지만 세월이 흐르면서 하나둘씩 다른 궁전과 부속 건물이 들어서면서 자그마치 150여 개의 건물을 갖추게 됐다고 한다.

가이드 안내대로, 오른쪽 '파빌리론', 왼쪽 '캄머른'을 관람하고 서쪽 정원 길을 따라 걸어 신궁전을 만날 수 있었다.

신궁전은 1769년 적색 벽돌로 네모 반듯이 지은 건물로 위풍당당한 자태를 자랑한다. 길이 213m로 아름다운 천장화와 조개껍데기로 장식해 놓은 방, 대리석의 방, 황금빛 '헤르메스(Hermes)' 상으로 장식된 극장 등 200여 개나 되는 방이 있다.

이웃한 '샤를로텐호프(Charlottenhof)' 궁전, 자그마한 인공 호수 앞에 자리한 로마식 욕탕, 궁전을 찾은 외국 왕손과 손님들의 숙소로 사용했던 '오랑제리(Orangerie, 독일 城)', 평화의 교회 건축물을 보았다.

네 기둥이 황금빛으로 치장한 호화로운 건축물을 만났다. 중국식 찻집이다. 당시에 중국과 교류가 있었다고 한다. 현관에 비치해 놓은 근사한 탁자에 마주앉아 차 한 잔 마시고 싶은 충동을 느낀다.

1km쯤 거리에 부인이 기거하는 별궁이 있다. 프리드리히 2세가 본 궁전에서 창문을 열고 서로 마주보며 지냈다는 설이 있다.

궁전과 별궁 사이에는 정원이 꾸며져 있다. 나무 밑 땅바닥에 굵직한 혹이 수북이 나 있는데, 조금 흉해 보이기도 하고 요정같이 보이기도 했다. 무슨 전설이 있나 싶어 다가가 보니 돌연변이로 생긴 등걸 같은 것이었다.

'상수시'는 프랑스 말로 '근심 없다'는 뜻이다. 다른 유럽 왕가에서의 칭호에 비해 아담하고 정원은 농가 같은 분위기를 느낀다.

교과서에, 프로이센을 강대국으로 만든 프리드리히 대제는 프랑스 문화에 심취해 '베르사이유' 궁전을 본 따, 여름 궁전을 지었다고만 알고 있었는데, 관람하며 견문을 넓히는 기회가 되었다.

포츠담 회담이 열렸던 '체칠리엔호프(Cecilienhof)' 궁전으로 이동하니, 입구 간판에 '호엔촐레(Hohenzolle)' 황태자 왕비 부부의 근엄한 사진이 보이고, 마름모꼴 지붕 벽면에 온통 담쟁이로 덮이어진 모습이 시골 저택 같다.

본 궁전 지붕에 사람의 두 눈 모양을 넣고 창문이 웃음 역할을 하는, 꼭 곰이 미소 지으며 관광객을 내려다보는 듯이 하고 'ㄷ'형 건물 가운데에 잔디가 어우러진 신 정원(Neuer Garten)은 다른 궁전들과는 사뭇 다르게 따뜻한 느낌을 준다.

티켓을 끊고 안으로 들어가니 당시 자료가 그대로 전시돼 있었다. 각국 대표가 사용했던 집기가 놓여져 있고 2층에는 회담이 열렸던 방이 있었다.

빨간 천이 덮인 둥근 탁자 가운데에 미국, 구소련, 영국, 중국 국기가 꽂히고 탁자 둘레에 트루먼(Truman), 스탈린(Stalin), 처칠(Churchill), 장제스(Jiang Jieshi)가 앉았던 의자가 놓여 있으며 벽에는 회담장면 대형사진이 걸려 있었다. 가까이에서 살펴보니 모두 23명이 의견을 조율하는 모습인 듯하다.

우리나라의 독립을 가져오게 하였고 제2차 세계대전을 종식시키는 계기가 된 '포츠담 협정(Potsdam Agreement)'이야 말로 냉전시대를 평화의 세상으로 바꾸어 놓는 역할을 하였다.

밖으로 나와 신 정원을 배경으로 기념촬영을 하고서 돌아오는 길에, '브란덴부르크(Brandenburg)' 문이 자리한 '파리저(Pariser)' 광장에 들렀다.

가로 길이는 65.5m, 높이 26m 규모의 이 문은 역사가 깊다. 1791년 프리드리히 빌헬름 2세 때 처음 세워졌으며 1806년 나폴레옹이 독일을 점령하고 이 문을 지나갔다.

히틀러는 세계 정복의 포부를 가지고 전쟁터로 나아가는 군인들이 통과하는 모습을 선전용으로 사용했다 한다.

하지만 2차 대전 이후 독일이 동독과 갈라지면서 이 문을 중심으로 베를린 장벽이 세워지고 동서독 사이의 대표적인 통로가 됐다.

1989년 베를린 장벽이 무너지면서 서독 '헬무트 콜(Helmut Kohl)' 수상은 이 문을 늠름하게 걸어서 지나 동독 '한스 모드로(Hans Modrow)' 총리의 환영을 받았다.

문 위에 올려진 승리의 '콰드리가(Cuadriga)'는 승리의 여신이 독일 마크 '독수리' 철 십자를 쥐고서 마차를 타고 가는 모습이 당당하다.

광장에는 관광객들이 마차를 타고 주변을 둘러보고 있다. 우리나라 판문점, 북한의 판문각을 자유로이 지날 수 있는 날이 하루빨리 다가왔으면 좋겠다.

다음날, 돌아오지 않는 다리를 건넜다. 서베를린과 동독의 경계선, '하펠(Havel)' 강 길목에 철제로 세운 교량인데 베를린과 포츠담을 잇는데, 규모가 작고 '그리니커 브뤼케(Glienicker Bruecke)'라는 이름을 가지고 있다.

사장교斜張橋로, 양쪽에 세운 버팀 기둥에서 비스듬히 드리운 쇠줄로 다리 위의 도리(다리 한편의 높은 곳으로 건너다닐 수 있도록 만든 시설물)를 지탱하게 하는 방식의 교량이다.

철판 바닥을 발걸음 해 지나는데, 다리 전체가 흔들리는 느낌이다. 내 몸무게가 많이 나가는 것도 아닌데 말이다. 놀랬다.

강폭은 넓지가 않다. 통일 전에는 자유를 찾아 이 강을 넘으려다 낭패 당한 사람도 있었으리라. 냉전시대의 대립이 상상된다.

강둑에 버들강아지 등 수풀이 우거져 강물줄기를 덮을 기세이다. 잘라 내지 않는 이유가 궁금하다. 남북한을 가르는 임진강이 떠오른다. 안타까운 일이다.

이곳을 배경으로 쓴 '존 르카레(John Le Carre)'의 '추운 나라에서 온 스파이(Der Spion, der aus der Kaelte kam)'를 귀국 후에 읽었다. 냉전이 낳은 스릴 있는 소설이다.

1962년에는 소련 영공서 격추당하고 살아남은 '개리 파워스'와 소련 스파이 '루돌프 아벨'의 신병이 서로 인계되는 등 동서 진영 간 교환 장소로 이용되기도 하였다.

전쟁의 흔적이 남아있는 데가 또 있다. 독일연방공화국 제국의사당 건물 오른쪽 벽면이 온통 총탄 흔적이다. 동서독 간 경계에 자리하고 있어 동독에서 총기를 난사한 것이다.

시민이 무너뜨리다 남은 베를린 장벽에 도로명인 듯한 'H150T4' , 왜소한 소년이 반바지 차림에 두 손을 모으고 선 자세로의 그림, 'ΣAE ups 5/31/90' 등등, 여러 가지 색깔로 낙서가 돼 있다.

우리나라 DMZ 남북 경계선에 철조망 같은 것이다. 분단 조국의 아픔이 서려있다. 안타깝고 애통한 마음을 느끼게 한다.

일행은 올림픽 스타디움에 들렀다. 대리석 기념탑에 새긴 올림픽 승리자 〈OLYMPISCHE SIEGER〉 아래쪽 여덟 번째 줄에 〈MARATHONLAUAP 42.195m SON JAPHN〉 글자를 보는 순간, 나라 잃은 슬픔을 딛고 결승선 테이프를 가슴에 감았던 모습이 상상된다. 지금에라도 'KOREA'로 새겨 넣는 노력이 요구된다.

프랑크푸르트

하이델베르크(heidelberg) 성문을 좀 올라가 주차장에서 내려, 아래 계단으로 내려가는데 하이델베르크 시내와 고성古城이 한 눈에 보인다.

가까이에는 기와집처럼 지은 듯이, 박공博栱 지붕의 가옥들이 모여 있고 멀리에는 콘크리트 빌딩이 보인다. 유럽 도시는 중세와 근대가 혼합된 건축구조다. 책만 보고 배웠던 역사의 한 흐름이 눈앞에 다가오는 듯하다.

'네카어(Neckar)' 강 양측 주거지로 발전한 하이델베르크는 1275년 건립 후, 낙뢰사고로 무너지고 1573년에 재건한 것으로 알려져 있다. 그 후, 30년 전쟁과 2차 대전을 겪으며 황폐해지고, 이를 복원하였으나 아직 여기저기 생채기 흔적이 많이 남아 있다.

오르면서 관광한다. 붉은 벽돌에 붙인 널빤지의 괴테 연애편지를 보는 도중에 보슬비가 내리기 시작한다. 이 지역 날씨가 변덕스러운가 보다.

상주常主하는 몇몇 사람이 다가와 호객행위를 한다. 빨간 비닐우산을 사서 쓰고 가이드 설명을 들었다. 1813년 64세에 임을 그리워하며 쓴 글이었다.

도로를 따라 오르다가 학생감옥 입구에 멈춰서 가이드가 안내하였다. 독일연방공화국에서 가장 오래된 '루프레히트 카를 하이델베르크' 대학은 1386년에 설립하였고, 당시 시민은 13만 명, 대학생이 3만 명, 명실상부한 교육도시다.

대학 건물은 한 곳에 짓지 못하고 이곳저곳에 지어 캠퍼스 분위가 나지 않는다. 주택단지와 비슷한 느낌이다.

1712부터 1914년까지 독일의 대학은 치외법권治外法權 지역이었다. 공권력이 아닌, 학교가 독립적인 권한을 가지고 경범죄를 처벌하는데, 그 장소가 바로 학생감옥이다.

좁은 통로를 고개 숙이고 계단을 올라 보니, 네 벽면과 천장에는 온통 낙서뿐이고 작은 책상 하나가 나무 바닥에 놓여 있었다.

낙서 속에는 얼굴 옆모습 그림이 많이 있는데, 혹 눈에 익은 사람이 있는가 싶어 자세히 들여다보았다. 이 대학을 다닌 괴테, 칸트, 요제프 괴벨스, 에리히 프롬, 막스 베버 같은 유명 인물이 여길 다녀가지는 않았겠지? 감옥치고는 고급시설이다.

넓지 않은 공간이고 감옥이라기보다는 대학가 근처의 주점 같은 낭만적 분위기가 느껴지기도 한다.

학교 기말고사에 학생감옥이 생긴 이유를 묻는 문제가 나와 당황했는데 현장을 둘러보니 속이 후련하다.

가이드를 따라 골목길을 가다가 붉은 황소 푯말 '레드옥스'를 가리키며 소개했다. 소설 '황태자의 첫사랑(Prince's First Love)'의 배경이 된 곳으로 대학생들이 운영하던 술집이었다. 현재는 '스펜겔' 가문이 장사하고 있다.

르네상스 고딕식 건축물 '루드비히(Ludwig)' 성관, '오토 하인리히(Otto Heinrich)' 성관, 바로크(Baroque)식 '프리드리히(Frederick)' 관館 등, 전쟁의 잔재만이 남아 있다.

그 더미에, 본 건물은 부서지고 예쁜 문만이 남아 우두커니 서 있는 잔해가 보였다. 프리드리히 5세가 영국에서 데리고 온 아내 엘리자베스를 위하여 하루 만에 지어 선물하였다는 엘리자베스 문이다. 이 문에서 60대 괴테는 30대 여성과 사랑을 나누었다는 전설이 있다.

포격을 맞아, 건물 본채는 사라지고 아름답게 장식된 기둥 벽면들이 여기저기 솟아있고, 부서지다 만 창문, 비스듬히 내려앉은 지붕, 사람이 살고 있는지 구분할 수 없는 듯이 반파된 집 등, 흉물스럽다.

여행하면서 지금까지 보았던 궁정들과는 판이하게 다르다. 웅장한 규모와 정교한 디테일이 공허하고 부副와 권력의 무상함을 적나라하게 보여주는 듯하며 오랜 세월의 역사를 이야기 해 주는 듯이 귀 기울이고 싶은 친밀한 기분도 든다. 아주 옛날, 자연의 일부가 돼 가는 걸까? 아쉬움을 뒤로 하고 약사(Pharmacy history) 박물관에 들어섰다.

10개 테마 중 다섯 번째 약재 방에는, '맨드레이크(Mandrake)' 동상이, 우리나라 한약방 서랍장을 손가락으로 가리키고 있다. 사람 사는 것은 어디나 비슷한 구석이 있는 것 같다.

방방이 비슷비슷한 미로 같은 길을 빠져나와 세계 최대 규모의 와인통을 보러간다. 먼지가 날리는 좁은 통로를 따라 들어가자 지하 공간이 점점 넓어진다.

왼쪽 굴 안에 커다란 원통이 눕혀져 있다. 오크(Oak)로 만든 2만 2천 리터짜리 맥주 저장탱크다.

이유가 있다. 당시에는 세금을 포도주로 거둬들여 여기에 보관하였고, 그 크기가 왕의 역량을 과시하였다고 한다. 권력의 상징물이었던 것이다.

일행은 괴테 생가로 이동했다. 주 출입구 양옆 철 대문 틀을 따라 담쟁이가 타고 오른 걸로 보아 고古 주택임을 알 수가 있다. 〈Bolbthearet -Cantate-Saai-〉 간판에 문은 굳게 닫혔다.

조금 더 들어가니 〈GOETHE HAUS〉 문구와 괴테 초상화가 붙은 또 다른 문이 있었다. 박물관 출입구다.

2층 서가에 많은 책이 꽂히고 방바닥에는 책상 의자가 정돈돼 있다. 나폴레옹이 일곱 번이나 읽었다는, '젊은 베르테르의 슬픔(Die Leiden des jungen Werthers)'을 비롯해 많은 명작을 탈고하기까지 밤새워 글쓰기 했던 공간이다. 그래서 그런지 돋보인다.

　상인으로 성공한 아버지와 시장의 딸 어머니 밑에서 유복한 생활을 하였다는 면모를 찾아 볼 수가 있다.

　그 다음에는, 시청사가 있는 '뢰머 광장(Roemer Berg)'으로 옮겼다. 로마 사람들이 이곳에 정착하기 시작해 중세풍 목조건물을 지은 것이다. 지붕이 계단식으로 층계를 만든 독특한 형태의 건물 세 채가 나란히 선 건물이 청사이다. 원래 귀족의 저택을 당국에서 사들여 개조해 사용하는데, 중앙 건물을 '뢰머'라 불렀다 하여 붙여진 이름이다.

　중앙 광장에는 유스티치아(Justitia) 분수가 피어오르고 '유스티아(Justitia)' 여신상이, 우리나라 법원 로고(Logo)와 같은 저울을 왼손에 들고 청사를 향해 두 눈을 부릅뜨고 보고 있는 청동상이 세워져 있다. 공무원들이 일을 공정하게 잘하고 있나? 저울질하고 있는 것이다. 깊은 뜻이 담겨 있다.

런던

'프랑크푸르트'를 떠나 런던 '히드로' 공항에 도착해 '웨스트민스터' 사원을 관광한다.

이 사원은 성공회예배당으로 건물이 삐죽삐죽 웅장하다. 이곳에서 결혼식, 대관식, 장례식장으로 사용하는데 제단, 무덤, 기념비를 만날 수 있다.

영화 '다빈치 코드(Da Vinci Code)'의 배경이 된 정원 길을 걷기만 해도 주인공이 된 듯이 기분이 좋았다.

웨스트민스터(Westminster) 대성당은 가톨릭 예배당이다. 붉은 벽돌로 지어진 건물 꼭대기 탑에 런던 시내를 내려다 볼 수 있는 시설이 있는데, 출입이 금지되어 오를 수가 없다.

예배당에 들어서니 미사가 집전執典되고 있었다. 한 일행이 비디오 촬영하다 저지당했다. 주의해야 한다.

멀지 않은 곳에 자리한 국회의사당은 3만 3천 평방m(㎡)의 넓은 부지에 세워진 거대한 건물이다. 마루의 총길이가 3.2㎞에 천 개의 방이 있다고 한다. 정말로 방대하다.

세계 최초로 의회 민주주의를 꽃피웠던 영국의 상징으로 자리 잡았다. 남성을 여성으로, 여성을 남성으로 만드는 것 외에는 어떤 갈등도 해결해 낼 만큼 민주주의가 뿌리내렸다. 의사당 남쪽 빅토리아 타워 앞 잔디밭에 시민들이 모여 도시락을 즐기는 모습이 여유롭다.

의사당 북쪽에 95m 높이의 시계탑 빅벤(Big Ben)이 버티고 서 있다. 여기에 매달린 13톤짜리 종은 국제 표준시를 정확히 알리는데, 지금까지 한 번도 시각을 어긴 적이 없다고 하니 괄목할 만하다.

해질 무렵 템즈 강변을 산책하기로 했다. 룸메이트 양○○과 같이 걸으며, 파리 숙소에서 늦잠을 잔 일행을 기다리게 했던 이야기를 하였다.

13시간의 비행으로 시차를 이겨내지 못한데다가 도착하자마자 센 강 '바토뮤슈' 유람 관광하느라 피곤해 잠에 곯아 떨어졌기 때문이었다.

한참을 걸어 벤치에 앉으니 치솟은 빅벤 야경이 화려하고 주위 불빛과 어우러져 아름다웠다. 1999년에 런던아이(London Eye)가 들어서 지금은, 큰 원형 테두리에 불빛이 더해 밤의 경치가 더욱 멋있다고 한다.

다음날, 대영박물관(The British Museum)에 도착하니, 신전 외관이 눈에 확 들어온다. 삼각 모양 '페디먼트(Pediment)'를 아름드리 기둥 44개가 받치고 있다. 으리으리하다.

지하로 내려가니, 마치 크고 긴긴 터널을 방불케 한다. 천장에는 불을 밝히고 자동차가 다닐 만큼이나 넓은 통로와 벽면에 유물과 벽화가 전시돼 있었다.

영국에 유학 온 학생 가이드가 팸플릿을 나누어 주며 설명하였다. 거미줄처럼 연결된 길이라 뒤처지지 않도록 주의해 달라는 부탁의 말과 함께 뒤따르라고 했다. 안내도를 펼치니 꼭 미로와 같은 길이다.

'엘긴 마블스' 푯말 앞에서 일행을 모아놓고 분위기를 상기시킨 다음에 설명하기 시작했다. 19세기 초 터키 주재 영국대사 '엘긴' 경이 가져왔다 해서 붙여진 이름이다.

당시 그리스는 터키의 지배를 받고 있었는데 아름다운 '파르테논(Parthenon)신전' 장식을 보고 탐이 난 엘긴은 많은 뇌물을 써 터키의 허가를 받아 영국으로 가져 왔다고 한다.

기원전 432년, 대리석으로 만든 그리스 아테네 파르테논 신전을 장식했던 박공博栱의 일부이다.

파르테논 전시관 입구 가운데에 '네레이트' 제전이 들어서 있는데, 신전 기둥 사이에 남성조각 3인의 머리는 잘려나가고 몸체만 남아있다. 무덤의 상징인데 터키 '산토스' 앞바다에서 발굴해 복원하였다.

나무 받침대에 얹어놓은 조각상으로 다가가 관람한다. 모두 두상이 잘려나가고 없다. 목이 없는 세 여인은 대지의 여신 '데메테르(Demeter)'와 딸 '페르세포네(Persephone)' 그리고 제우스의 술을 나르는 청춘의 여신 '헤베(Hebe)'이다. 원래 모습은 어떠할까? 매끈한 몸매로 보아 두상도 잘 생겼겠지, 궁금해진다. 타임머신을 타고 과거로 되돌아가 보고 싶은 심정이다.

이 많은 조각상은 파르테논 신전을 장식했던 태양신 '헬리오스(Helios)'가 전차를 타고 물위로 올라가는 술의 신 '다오니소스(Dionysus)'가 그 모습을 바라보는 장면의 조각을 떼어 왔다고 한다.

유일하게 '다오니소스'의 목은 붙어 있지만 포도주를 든 팔은 사라져 버렸다. 머리가 없는 이유는 전쟁의 승리자가 제일 먼저 신들의 목부터 베어버린다고 한다.

이 외에, 달의 여신 '셀레네(Selene)'의 말 얼굴은 술에 취한 듯이 힘든 하루를 마감하는 지친 모습을 표현하였다. 원래는 수평선 밑으로 사라지는 모습이 묘사된 것인데, '셀레네' 상의 몸체는 그리스에, 말 머리는 박물관에 있다.

파르테논 신전은 그리스 로마 신화에 나오는 다양한 순백색의 신들 모습을 조각상으로 볼 수 있고 당시의 생활양식을 볼 수가 있다.

그리스 정부는 1941년부터 돌려 줄 것을 요청하고 있으나 논란은 계속되고 있다. 2006년 아테네 올림픽 때, 예술품들을 잠시 빌려 달라 했지만 '와서 보세요.' 한마디로 거절했다. 오만함일까?

팔이 없는 남성 조각, 말의 몸통과 말굽이 떨어져 나간 형상 등의 조각상을 벽면에 붙여놓았고, 굵은 기둥 위에 두 다리를 오므리고 두 팔로 가슴을 감추고 있는 여인 조각상이 아름다웠다.

고대 이집트(Egypt) 전시관으로 자리를 옮겼다. 거기에는 '미라(Mummy)'가 여럿 전시돼 있다. 미라는 죽은 이의 영혼이 머물 수 있도록 시신을 보존하기 위해 만든다.

장기는 모두 꺼내서 네 개의 '카노푸스(Canopus)' 단지에 담고 시신은 특수소금을 사용해 방부 처리하고 건조가 끝나면 '아마포(Linen)'로 싼다.

무덤 안에 온갖 부적과 귀금속을 넣은 뒤 금으로 된 가면을 얼굴에 덮고 여러 겹의 목관에 넣은 다음 거대한 석관에 안치시킨다. 상층류일수록 정교한 방법으로 제작하는데, '파라오(Pharaoh)' 시대의 풍습이다.

몸체를 쪼그리고 옆으로 누워 머리를 베개에 얹은 모습의 미라, 누운 미라, 다 썩어가는 나무박스 안에 머리카락이 그대로 있는 미라를 보고서 놀라기도 했다.

고양이, 물고기, 악어 등 동물 미라가 있는데, 몸통은 대나무를 쪼개 감싼 것처럼 하고 있다. 여태까지 원형 그대로 남아있다니 신기하다.

무덤을 파헤쳐 꺼내온 가재도구와 사람의 머리뼈부터 발가락뼈까지 인간 형체를 재현해 놓은 장면을 보는 기분이 거북스러웠다.

네모난 기둥 위에 '람세스' 2세 흉상이 놓여있다. 고대 이집트 제19왕조 세 번째 왕으로 67년간 이집트를 통치하였고 리비아, 누비아, 팔레스타인까지 세력을 확장했던 인물이다.

코와 턱수염은 잘라내고 얼굴 모습만이 보관돼 있었다. 가슴 아래

부분이 떨어져 나가고 오른쪽 가슴에 구멍이 나 있어 자세히 들여다보았다. 이는 석상을 옮기기 위해 프랑스 군인들이 뚫었다는데 런던으로 옮긴 사람은 '지오반니 벨조니'이다.

유명한 역사자료, '로제타스톤(Rosetta Stone)'에 대해 가이드가 안내하였다. 보아하니 유리 상자 안에 보관된 굉장히 두꺼운 암석이다.

1799년, 나폴레옹 원정대가 이집트 로제타에서 우연히 발견한 마을 이름이 '로제타스톤'이다. 돌 표면에 이집트 상형문자, 민간문자인 '디모틱(Demotic, 고대 이집트 문자의 하나)', 고대 그리스 문자가 새겨져 있는데, 내용은 젊은 '프톨레마이오스(Klaudios Ptolemaios)' 5세의 덕행을 칭송하는 글이다.

로제타스톤은 고대 이집트 문명을 해독하는데 큰 열쇠가 됐고 베일에 쌓여있던 신비가 벗겨질 수 있었다. 이 석상은 두 가지 색상의 화강암으로 조각돼 있는데, 보는 사람으로 하여금 '파라오' 시대의 신비감과 엄숙함을 느끼게 한다.

이집트 사후세계, 네바문(Nebamun) 무덤 벽화 '늪지의 새 사냥(Fowling in the marshes)', 노래하는 여인들과 춤추는 여인들, 휴네퍼(Hunefer)의 사자의 서, '아메노피스(Amenophis)' 얼굴, 인간의 머리에 날개 달린 사자상, 옆모습을 하고서 자태를 뽐내고 있는 '비너스(Venus)' 상, 아시리아(Assyria) 날개달린 황소, 소크라테스(Socrates) 소 형상, 페리클레스(Perikles) 반신상, 칠레 이스터(Easter)섬에서 가지고 온 '모아이(Moai)' 상, 이란의 '페리세폴리스(Persepolis)' 상, 멕시코 인들이 숭배하였다는 '테스카틀리포카(Tezcatlipoca)' 신을 표현한 '아스테카 모자이크(Azteca Mosaic)'

등등, 관람하였다.

어마어마하게 크고 많은 이집트 유물은 영국군이 나폴레옹 군을 무찌르면서 몰수하고, 의사 '한스 슬론(Hans Sloane)'이 소유하던 유물을 1753년에 기증함으로 박물관이 만들어졌다 한다.

박물관에는 벽화가 많이 전시돼 있다. 날개 달린 신이 성수聖水를 왕에게 부어주는 모습에서 왕권신수설을 엿볼 수 있고, 메소포타미아(Mesopotamia) 벽화는 전쟁이 발발하던 그때 모습을 표현하고 있는데, 동물 내장에 바람을 넣어 튜브처럼 만들어 거기에 몸을 기대어 수중 공격하는 모습이 있다. 유년시절 돼지 오줌보에 바람을 불어넣어 공놀이 하던 원리와 같은 것이다.

출구 가까이에 한국박물관(Korea in British Museum)이 있었다. 유품 120만 점, 한국에서 의사로 일한 '한스'가 기증한 70점 등의 유물은 시설이 협소하여 전시하지 못하고 있다는 간판과 유학자의 초상화(Portrait of a confucian scholar), 불화佛畵 각 한 점이 걸려 있었다. 대한민국을 바르게 알리는 박물관 중설이 아쉬운 대목이다.

수많은 문화유산을 박물관 한 곳에 모아놓아, 여러 나라를 다니지 않고 한 번에 관람할 수 있어 좋긴 하지만, 그렇지 않았다면 각 나라에서 온전히 보존되었을까? 의문이 생기고, 한편으론 유물을 파손시키면서까지 약탈해야만 했을까 하는 생각이 들었다.

관람을 마치고 일행 모두가 탑승한 줄 알았는데, 차량이 출발하지 못하고 있다. 한 사람이 길을 헤매다 한참 후에 나타났다. 구경은커녕 길 찾기에 바빴다는 것이다. 해외 나들이를 하면 그럴 수 있다.

일행이 타워브리지(Tower Bridge)로 자리를 옮기니 웅대한 자태를 뽐내고 있다. 이 다리는 동서쪽 타워 상단 교각을 연결하고 하단은 도개교跳開橋이다.

템스(Thames) 강은 조수간만의 차가 6m 이상, 다리와 강 수면이 10m 이상 차이가 나기 때문에 배들이 통과하는데 많은 어려움을 겪었다.

19세기 산업혁명 물류 이동 중심지인 이곳에, 배들의 소통을 원활히 하기 위해, 1894년에 완공하였다. 대형 선박이 지나갈 때는 다리 중앙이 위로 올라가는데, 천 톤의 무게를 들어 올리는데 1분 30초 소요된다.

물이 빠질 때면, 강물에 반사된 다리와 함께 구성되는 장면과 야경이 아름답다 하고, 사진작가들은 어느 방향에 촬영하든 팔자모양 광경이 볼만하다고 한다.

'엘리베이터'를 타고 타워 꼭대기에 올라 철제다리를 걸으며 런던 시내를 내려다보았다. 강물에 퇴역 군함 '벨파스트(Belfast)' 호가 전시돼 있고, 인근에 시청사가 있으며 강 건너편에 런던탑이 보인다. 강줄기 양쪽에 오랜 세월이 묻어나는 건축물들은 잘 보존된 유물처럼 보였다.

런던 타워로 가는 길에, 빨간색 상의를 입고 긴 털모자를 쓴 근위병 차림의 모습이 멋있어서 동의하에, 한 명씩 옆에 서서 기념촬영을 하는 중에 마늘냄새가 싫다며 피하는 것이었다. 반면에 그에게서는 표현할 수 없는 냄새가 났다. 동서양 문화 차이가 느껴진다.

런던탑(London Tower)은 말이 탑이지 성과 같다. 11세기 윌리엄 (William)이 왕위에 오른 직후 짓기 시작해 1894년에 완성된 탑이라고 하기에는 너무나도 화려하고 아름다운 외관을 자랑하는 런던의 명물이다.

원래 왕실의 성이었으나, 영국 황실 보물을 모아 놓은 곳, 감옥으로 쓰였던 곳, 열대 동물을 모아 놓았던 곳, 영국 훈장을 모아 두었었던 곳, 군사 무기 창고로 쓰였던 곳 등 희비를 다 겪었다.

관광객들의 눈길을 가장 많이 끄는 보석전시관이 있다. 역대 국왕들의 왕관은 2,700개의 다이아몬드와 273개의 진주로 장식돼 있는데 입구에 들어서 보니 입이 딱 벌어진다. 걸으면서 구경하는 게 아니라, 보물이 진열된 사이사이를 에스컬레이터가 사람을 싣고 움직이며 관람하는 방식이다.

천장에 조명장치를 화려하게 장식해 놓아 번쩍번쩍 눈이 휘둥그레진다. 황실에 보물이 이렇게나 많다니 놀랐다. 보물창고도 이런 창고가 없다. 눈요기를 잘했다.

런던탑은 내성과 외성으로 2중 구조인데 헨리(Henry) 8세의 갑옷을 비롯해서 각종 무기가 전시돼 있다. 어마어마한 무게의 총을 어깨에 메고 무슨 수로 전쟁을 치렀을까? 의문이 생긴다. 당시의 군인은 힘이 장사였나 보다.

정원 철장 안에 몸집이 큰 까마귀가 푸드득거렸다. 온통 까마귀! 섬뜩하다. 옆에는 "까마귀가 물 수 있습니다." 푯말이 세워져 있다.

까마귀가 런던탑을 떠나면 안 된다하여 날개를 잘라 정성스럽게 키웠다. 황실을 정찰하고 지키는 역할을 한 것이다. 동양에선 흉조로 알려진 반면에 유럽에선 길조다.

런던탑이 감옥으로 사용할 때는 죄수들이 탈옥하지 못하도록 주변에 사자와 같은 맹수들을 키우는 비극의 무대가 된 역사를 가지고 있다.

버킹검 궁전(Buckingham Palace) 정문에 도착했다. 근위대 교대식을 관람하기 위해서다. 궁전 앞 원형광장에 황금빛의 빅토리아 여왕 기념탑이 웅장하고 아름다웠다.

이 행사는 올드 가드(前 근무자)가 'St Jams's Plase'에서 출발하고, 뉴 가드는 '웰링턴(Wellington)' 막사에서 출발해 버킹검 궁전에서 임무교대를 한 후 돌아가는 순서로 이루어진다.

정각 11시가 되자, 빨간 군복(Red Coat)에 커다란 털모자(Bearskin) 차림으로 '물럿거라!(Make Way!)' 기합을 넣으며 근위병들이 군악대와 함께 등장했다. 말을 타고 연주하는 기마병의 실력이 놀랍다. 여러 곡을 연주하는데, 씩씩한 음정 'Abba-Waterloo' 음악이 들려왔다. 런던 올림픽 때는 'Queen-We are the champion'을 연주하였다 한다.

정확히 73cm 보폭으로 걷는데 조금의 흐트러짐도 용납지 않는, 마치 기계적인 움직임이다. 우렁찬 음악과 늠름하고 멋진 모습에 눈을 떼지 못하고 카메라 세례가 쏟아진다.

영국 입헌군주 정치의 중심인 버킹검 궁전은 여왕의 공식 거주지다. 1702년에 사택으로 지어졌고, 1762년 조지(Henry George) 3세가 사들여 왕족이 거주하는 여러 저택 중의 하나이다.

수많은 시민과 학생들이 찾아와, 교대식을 참관하고 조국 수호의 상징 기념탑에서 파병 중 전사한 군사들의 넋을 기리는 학습의 장이 된 지 오래다. 군복을 차려입고 부동자세로 거수경례하는 노장의 모습이 의미심장하다.

일행은 '윈저(Windsor) 城' 주차장에 내려 걸어올라 가는데, 기념품 가게 사람들이 '안녕하세요.'라며 호객행위를 하고 있다. 우리나라 관광객들이 다녀간 느낌이다.

처음 확인한 건, 둥근 건축물 꼭대기에 여왕이 기거하면 왕실기가 펄럭인다고 하는데, 엘리자베스(Elisabeth) 2세가 이곳에 머물지 않았다. 버킹검 궁전에서 국무를 보고 있는 것일까?

'윈저' 성은 '버킹검' 궁전, 에든버러(Edinburgh)의 '홀리루드(Holyrood house)' 궁전과 함께 영국 군주의 공식 주거지 가운데 한 곳으로 11세기 목조건물을 짓기 시작하여 1165년 헨리 2세에 의해 재건축하였으며 1917년부터 'House of Windsor'라 부르기 시작했다.

성채의 바닥 면적은 44,965㎡로 대원탑大圓塔을 중심으로 왼쪽은 정원 주거구역, 오른쪽은 왕실예배당이 자리하고, 이를 둘러싼 성벽과 탑으로 배치돼 있어 마치 좌우로 날개를 편 것 같은 모형임을, 가이드가 알려주었다.

궁전에는 홀바인, 루벤스, 반다이크의 유명한 작품이 있고, 메리(Mary) 여왕의 인형의 집, 여왕을 위해 만든 식기부터 전등, 가구에 이르기까지 왕가의 수많은 보물이 화려하게 꾸며져 있다고 했다.

일행 모두가 윈저 성을 배경으로 기념촬영하고, '로버트 월폴(Robert Walpole)' 총리, '웰링턴(Wellington)' 공작, '글래드스턴(Gladstone)' 등 영국의 수많은 저명인사를 배출한 '이튼 칼리지(Eton College)'를 관람하고 숙소로 돌아오는 중에 쇼핑을 하였다.

런던의 번화가 '피카딜리 서커스(Piccadilly Circus)' 거리 건물에 내걸린 우리나라 'S'기업 대형 광고판이 자부심을 느끼게 한다.

　버○○ 매장을 들러 나오는데 음반가게가 보였다. 입구에 들어서니 주인이 '안녕하세요.'라며 서툰 한국말로 반가이 맞아준다. 음악다방을 드나들며 즐겨들었던 영국출신 가수 Abba, Beatles, Queen, Madonna, Mary Hopkins, Phil Collins, Elton John, Rolling Stones 등이 실린 앨범을 사와, 한동안 이 Pop Song만 감상하였다.

　파리, 베를린, 프랑크푸르트, 런던 등 현지 가이드의 도움을 많이 받은 여행이었다. 곳곳의 관광지와 유물에 대한 자료를 챙겨주었고 고견을 들려준 그 분들께 고마움의 마음을 전한다.

앙코르와트

　인천공항을 출발해 캄보디아 '씨엡립'공항에 도착하였다. 숙소로 가는 길이 어둡다. 이곳에서는 이웃 태국에서 전기를 끌어 쓴다고 했다. 간간이 가게 집에만 불빛이 보인다.

　아침 일찍, 앙코르와트(Angkor Wat, 캄보디아에서 꽃핀 앙코르 왕조, 9~15세기의 수도에 세워진 크메르족에 의한 대표적 건축물)에 도착했다. 꺼뭇꺼뭇한 건물 여러 채의 치솟은 탑이 한눈에 들어왔고 입구에는 푸른 강물 다리가 있었다.

가이드가 설명을 덧붙였다. 앙코르와트 사원 둘레에 정사각형 모양으로 너비 190m 땅을 깊이 파고 물을 넣어 강물을 만든다. 이 강을 '해자'라 한다. 해자垓字란 성 주위에 둘러 판 못인데, 여기에 악어가 살았다고 하고 접근이 어렵게 하였다. 이 사원의 바닥 면적이 무려 65만 평이다.

사원 본당은 서향으로 지었고 폭넓은 도로를 내 놓았다. '해자' 위에 놓여 진 다리와 연결된 길로 250m를 걷고, 거기서부터 돌이 깔린 참배로參拜路 475m를 더 가면 본당이 나온다.

이 거리 중간 중간에는 회랑으로 돼 있다. 회랑回廊은 도로 좌우에 지은 긴 집인데 복도 양쪽 벽면에, 수많은 부조가 있어 당시 인류사회의 변천과 흥망의 과정을 가늠해 볼 수 있는 역사자료이다. 부조浮彫란 평평한 벽면에 글자나 그림 따위를 도드라지게 새기는 조각을 말한다.

앙코르와트는 1861년, 표본채집을 위해 정글에 들른 프랑스 박물학자가 발견하여 알려졌다고 한다.

앙코르(Angkor)는 왕도, 와트(Wat)는 사원을 뜻한다. 12세기 당시 크메르족(Khmer族, 캄보디아 1,480만 명의 국민 중 주요 민족 그룹)은 왕과 왕족이 죽으면, 그들이 믿던 신과 합일한다는 신앙을 가졌기 때문에 왕은 자기와 합일하게 될 신의 사원을 건립하는 풍습이 있었다.

이 유적은 앙코르 왕조의 전성기를 이룬 '수리아바르만(Suryavarman, 1,145~1,150년을 통치한 크메르 제국 왕)' 2세가 바라문교婆羅門敎 주신主神의 하나인 '비슈누(브라흐마, 시바 등 힌두교 3주신의 하나)'와 합일하기 위하여 건립하였다.

한겨울이라서인지 '해자'는 만수滿水가 아니었다. 날씨가 30℃를 오르 내리지만 걸린 감기는 좀처럼 떨어지지 않는다. 쇠한 컨디션으로 입구에 들어섰다.

들어가는 길은 납작한 돌을 여러 겹 쌓아 올려 물에 잠기지 않게 설치돼 있다. 난간에는 사원을 지킨다는 사자상과 '나가(Naga, 평범한 뱀이 아닌 정령의 하나인 뱀)' 상이 있다. 여러 개의 머리를 부채처럼 치켜든 커다란 뱀인데, 마치 코브라가 곧 달라 들것 같은 느낌이다.

제1회랑은 건물 높이 4m, 제2회랑은 12m 제3회랑은 25m로 안으로 들어 갈수록 건물이 높아지는 형상이다. 정면에서 보면 지붕이 겹겹이 보인다.

제1회랑은 몇 파트로 나뉘어져 있다. 처음 만난 건, '비슈누' 신이 '우유바다(힌두교의 창제신화)' 휘젓기를 주관하는 모습의 조각인데, '만다라(밀교密教에서 발달한 상징의 형식을 그림으로 나타낸 불화佛畵)' 산꼭대기를 붙들고 있는 '인드라(고대인도 신화에 나오는 전쟁의 신)'와 바다를 휘젓고 있는 악마 '라후(인도의 마족魔族, 아수라의 신)' 부조이다.

천국과 지옥 파트(Part)에는, 나무색으로 조각한 '지옥의 형벌' 부조, 잿빛으로 조각한 '코끼리와 나가에게 물어뜯기는 죄인', 적색으로 조각한 '심판장으로 끌려가는 부조 등이 있고, '수리야바르' 왕 행렬에서는, 권좌에 앉아있는 '수리야바르만' 2세와 충성 서약을 받는 '시암(Siam, 타이왕국의 옛 이름)' 지도자와 장군행렬이 있다.

신과 악마의 대결 파트는, 거위 위에 올라탄 '스칸다(Skanda, 힌두교의 군신)' 신, 코끼리 위에 올라탄 '인드라' 신 부조, '랑카(Lanka, 스리랑카)' 전투에서 황금색 조각 '하누만(Hanuman, 신에 대한 헌신적 봉헌의 표상)'의 어깨에 올라탄 '라마(Lama, 낙타과의 포유류 동물)' 부조를 관람하였다.

제2회랑에는 '수리야바르만' 2세의 역사적 사건이 기록돼 있는데, 힌두교 신화를 주제로 한 이야기이다. 코끼리를 타고 '타이가 시암족'을 정벌한 크메르 군사들이 행진하는 모습의 부조, 벽화 중간에 뚫린 구멍은 힘을 강하게 하기 위해 부적을 넣어 두었던 자리이다. 지금은 도난되었다고 한다.

제3회랑은 높이 치솟은 건물이 웅장하다. 가파른 중앙 계단을 기어오르다시피 하니 숨이 찼다. 회랑 입구에 걸쳐 앉으니 마치 사다리 계단을 밟고 올라온 기분이다. 세어보진 않았지만 33계단이라고 한다.

외관 창문 창살은 주판을 세워놓은 것처럼 수판알을 차곡차곡 올려 고정시킨 모양이 디테일하다.

안으로 들어가니 이중조각상이 보인다. 위쪽은 천국이고 아래쪽은 지옥인데, 지옥에 떨어진 사람들은 코뚜레로 뚫려 끌려 다니며 매 맞고, 죽은 사람을 심판하는 '야마' 부조가 있었다.

제1회랑은 자세히 보았으나 2, 3회랑은 그러하지 못했다. 일정이 빠듯하기 때문이다.

본당은 5탑형 사원이다. '十' 모양 가운데에 사당 탑은 높이 짓고 전후좌우에 기다란 익랑翼廊 건물이 자리하고 있다. 하늘에서 보면, 사각추 피라미드 모형이 된다.

앙코르와트 중앙 사탑은 59m 높이의 3층 구조인데 1층은 미물의 세계, 일반중생이고 2층은 인간세계, 종교인이며 3층은 신의 세계, 왕을 뜻한다.

　지상 층에는 사각형 목욕탕이 있어, 사원에 들어가기 위해 몸을 씻는 곳이다. 2층에는 아름다운 '테 바다' 여신이 머리에 탑을 이고 오른손에 연꽃 가지를 든 '천상의 무희' 압사라(천상의 여인으로 앙코르와트에 거주하며 궁중무희로 활약했을 것으로 추정) 부조가 있다.

　3층은 건물 외부에서 올라간다. 엄청 가파르고 오르면 오를수록 계단 폭이 좁아져 위험하다. 출입을 금지하고, 대신에 철제계단을 만들어 놓았다.

　줄서서 한참을 기다려 계단에 올라서니 내려오는 사람과 뒤엉켜 복잡하다. 핸드레일을 꽉 잡고 한 계단씩 발걸음 하는데 흔들리는 느낌이다. 조금은 불안했다.

　거기에는 성소聖召가 있는데 '수리아바르만' 2세 동상이 두 손을 모으고 서 있다. 그 앞에는, 왕이 매일같이 세목洗沐하였다는 목욕탕이 있는데, 넓어도 너무 넓다. 꼭 수영장 같다. 이 높은 곳까지 물을 어떻게 공급했는지 궁금증을 더한다. 당시에는 양수기가 없었을 텐데 말이다.

　나오면서 익랑 회랑을 관람하였다. '배수키' 뱀을 회전 줄을 이용해 젓는 '아수라(阿修羅, 귀신들의 왕으로 얼굴이 셋이고 팔이 여섯이며 아귀의 세계에서 싸우기를 좋아한다.)' 악신 부조, 선신과 악신이 배를 저어나가자 바다 속 물고기와 생물들이 요동치는 부조, 벽면 중앙의 사람 조각에 꽃무늬 모양이 펼쳐진 부조, 직사각뿔 꼭대기에 횃불 부조 등을 보았다. 관광을 마치고 나오는 길이 허전했다. 볼 유적이 많기 때문이었다.

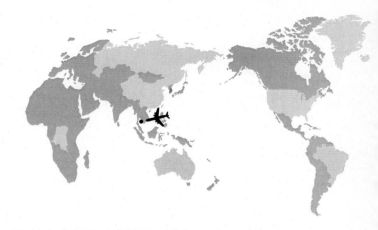

앙코르톰

　오토바이 택시라 불리는 '모토 톱'을 타고 1.5㎞ 떨어진 앙코르톰 (Angkor Thom)에 도착했다. 가이드 안내로 앙코르톰 남문을 통과해서 보니 긴 다리가 보인다.

　다리 왼쪽에 54개의 흉상 선신과 오른쪽에는 같은 수의 악신이 배수 키 뱀을 껴안고 인상을 찡그린 모습으로 일렬로 나열돼 있는데, 꼭 '해 자' 다리를 건너는 기분이었다.

가이드가 일행을 불러 모아 역사이야기를 하였다. 다리 난간에는, 앙코르와트에서 본 '우유바다 휘젓기' 조각은 영생의 우유를 제조하는 신화의 한 장면이라고 한 번 더 설명해주었고, 이 남문은 앙코르톰 관광의 시작이 되는 성문이라 하였다.

'앙코르톰'은 한 변이 약 3㎞인 정사각형의 성곽도시로써, '자야바르만' 7세가 12세기 말에 조성하였다. 우리나라 고려 최 씨 무신정권 시기에 해당한다는 것이다.

당시에는 정말로 번성했던 곳인데 부분 부분이 목조건물이라 지금은 많이 소멸됐다. 앙코르톰에는 각 방향마다 1개소씩 성문이 있고 동쪽에는 2개소가 있는데, 우리일행이 관광을 마치고 왕국의 중앙 단상과 연결된 '승리의 문'으로 나간다 하였다.

처음 들른 곳은 '바이욘(Bayon)' 불교사원이다. 13세기 '자야바르만' 7세가 조영造營했고, 면적이 무려 1,200평에 달한다. 수많은 탑으로 이루어진 복합 구조물인데 거대한 바위산 모양의 유적이다.

탑에는 보살 얼굴이 조각돼 있는데, 웃고 있는 얼굴 조각상 '앙코르 미소가 '자야바르만' 7세라고 한다.

안으로 들어가니 회랑이 있었다. 여러 사람이 뒤엉킨 '닭싸움' 조각, 학교에서 선생님이 열심히 가르치는데 뒤에 앉은 애들은 뒤돌아보고 엎드리고 딴 짓을 하고 교실 창문 장대석에는 닭들이 앉은 부조가 있다.

망고 나뭇가지와 이파리에 코끼리가 코를 들어 올려 먹이 찾는 부조, 참전하는 남편에게 아내가 뒤에서 거북이[자라]를 전해주는 모습과 불씨를 살리는 취사병, 수레를 미는 사람과 앞에서 돼지가 끄는 부조, 코끼리를 탄 왕족 밑에 부녀자들이 행진하는 모습, 물고기 잡으려 배 타고 나가는 모습, 아이를 낳는 여인과 산파의 모습, 참파 전함에 포로가 된 크메르인들이 노 젓는 모습, 크메르 특수부대가 잠수해서 구멍을 뚫는 장면, 진군하는 크메르 병사들과 용병으로 참전하는 중국 병사들, 돼지를 삶고 꼬치를 먹는 중국인 마을의 식생활 부조 등에 대해, 오랜 시간 동안 가이드로부터 설명을 들었다. 귀[耳]가 긴 사람은 크메르인이고 짧은 사람은 중국인이라 했는데, 자세히 들여다보니 그러했다.

학교 창문 장대석에 앉아 있는 게, "닭이 아니라 비둘기가 아니냐? 돼지가 어떻게 수레를 끌 수가 있냐?"고 물었다. 당시에는 비둘기가 날아들지 않았고 돼지도 열심히 일을 하였다는 말에 한바탕 웃었다.

그리고 시바신의 '링가(Linga, 힌두교의 신 시바를 상징하는 남근男根)', 이를 바치고 있는 '요니(Yonnie)', 춤추는 압사라 부조, 우물도 볼 수가 있었는데 '앙코르'인들의 일상생활을 가늠해 볼 수 있을 것 같다.

캄보디아에 처음 대승불교를 들여온 사람은 '자야바르만' 7세이다. 스스로를 관세음보살로 여기고 장려하기 위해 애썼다. 그는 '바이욘'을 비롯해 '앙코르톰', '프레이칸', '닉쁘안', '따 프롬' 등 많은 사원을 세웠고 1200년대 초에는 베트남 참파(Champa, 2세기 말엽에 지금의 베트남 나부에 참 족이 세운 나라) 국을 복속 시켰으며 태국 북부지역도 다스렸다고 한다. 라오스의 '브앙트얀' 부근에 그의 비문이 발견될 정도로 세력을 확장하였다.

'바이욘'탑에 관세음보살의 모습을 한 '자야바르만' 7세의 웃는 얼굴이 새겨져 있는 것으로 보아, 수월한 통치를 위해 대승불교를 들였다는 설이 있다. 그러나 '자야바르만' 7세가 죽고 난 후 다시 힌두교를 믿었다 한다.

밖으로 나와 치솟은 탑을 살펴보았다. 석상 입술에 입맞춤 하는 전경을 촬영하는 사람들이 보였다. 추억의 사진을 남기려는 것일까? 보기 좋은 모습이었다.

'바푸온(Baphuon)' 사원으로 가는 길은 돌과 돌로 이어 만든 다리로 지상과 천국의 끈을 이어주는 역할을 재현해 놓았다고 한다. 그래서 그런지 걸어가는 짧은 시간의 기분이 묘했다.

'바푸온' 사원은 이런저런 돌들이 널브러지고 훼손도가 심해 보수공사 중이어서 접근을 금지하고 있다. 여기까지 왔는데 꼭대기까지 올라보지 못한 아쉬움이었다. 세기의 퍼즐이라 불렸던 곳인데 말이다.

당시 가장 큰 종교 '시바신'을 섬기는 힌두교 사원으로, 이 사원이 지어지면서 '바이욘'에게 넘겨주었다 한다.

남쪽 '고푸라(Gopura, 사원의 출입문)'를 통해 왕궁(Royal Palace)으로 이동했다. 왕궁은 11세기 '수리아바르만' 1세가 건축했다 하고, 한가운데에 '피미아나카스(Phimeanakas)'는 '하늘의 궁전'이란 뜻으로 앙코르와트보다 100년 전에 건축하였다.

지금은 흔적만 남은 궁전 터로 계단 좌우에 사자상이 일부 남아있다. 야외 목욕탕으로 사용된 2개 연못, 앞에 보이는 여성용은 남성용보다 크기가 작다.

군데군데 남아 있는 5m 높이의 라테라이트(Laterite) 성벽이 궁금해 가이드에게 물었다. 라테라이트는 붉은 토양으로 점토와 유사한 성질을 가지고 있는데, 산화철과 알루미늄을 포함하고 있다. 이를 건조시키면 시멘트처럼 견고한 건축자재가 나오는데 붉은 색의 구멍이 뚫린 표면이다. 색깔만 다르지 제주 돌하르방 표면과 비슷하다.

이 왕궁에는 전해 내려오는 이야기가 있단다. 사원의 정상에 머리가 9개 달린 뱀이 살았는데, 밤에는 아름다운 여인으로 변신하기 때문에 앙코르 왕은 침소에서 잠자기 전에 이 여인과 먼저 동침을 해야 한다고 한다. 하루라도 그러하지 않으면 왕이 죽거나 나라에 큰 재앙이 따른다는 것이다.

왕궁에서 코끼리테라스(Terrace Of Elephant)로 이동하였다. 광장 옹벽 대신에 문둥이 왕 테라스와 일렬로 만들어져 있었다.

코끼리테라스는 중앙계단 1개소, 중앙계단 양옆으로 보조계단 1개소, 남쪽과 북쪽 끝에 각 1개소, 총 5개소가 있는데, 계단 옆 벽의 조각은 '가루다(Garuda, 인도 신화에 등장하는 신조神鳥, 인간의 몸체에 독수리 머리, 그리고 부리와 날개, 다리와 발톱을 가지고 있다.)'가 제단을 떠받들고 있다. 또, 코끼리가 코로 연꽃을 휘감고 있는 조각은 규모가 매우 커 보였다.

코끼리테라스 앞 광장은 밀림을 배경으로 넓은 평지이다. 전쟁에 참전하는 군대의 전송과 승리하여 귀환하는 군대를 맞이하던 장소로 사용했고, 국가의 공식행사, 외국사신의 접견, 축제의 장소다.

문둥 왕 테라스(Terrace of Leper King)는 확 트인 광장 오른쪽에 자리하고 있는데, 13세기 '자아바르만' 7세 때 만들어 졌고, 왕의 화장터이다.

'자아바르만' 7세는 크메르 왕국의 최고 전성기를 이룬 왕으로, 그 당시 백성들을 위해 107개나 되는 병원을 설립했는데, 그 동기가 왕 자신이 문둥병에 걸렸기 때문이었다.

이 테라스 가운데에 오른쪽 무릎을 세우고 엉덩이를 바닥에 대고 앉아 있는 죽음의 신 '야마(Mama, 힌두교와 불교에서 저승세계를 관장하는 명계冥界의 왕)' 조각이 있다. 북쪽 벽면에는 사람이 책상다리하고 앉은 자세의 수많은 조각상이 한 산등성이다. 보기에 소름이 끼친다.

한 바퀴 돌아보는데, '스펑' 나무(Kapok : Silk cotton tree) 뿌리가 사원과 성벽을 휘감고 있다. 거대한 나무가 벼락을 맞아 죽고, 그 이후에 죽은 나무 위에 새로운 씨앗이 떨어져 뿌리내린 것인데, 모양이 다양하다. 뱀, 용이 기어 올라가는 형체, 망사처럼 보이기도 한다. 담장을 휘감아 무너지게 하고 또, 지지대 역할도 한다. 뿌리가 나무줄기가 되어버린 셈이다. 보는 즐거움을 느꼈다.

'승리의 문'으로 나가려는데 가이드가 일행을 모아 놓고 '댄서의 12탑 (Prasats Sour Prat)'에 대해 안내하였다. 13세기 초 '인드라바르만(크메르 제국의 왕)' 2세 때, 왕국 앞 원형의 푸른 초원 작은 호수 주위에 탑을 세웠다. 오래 전부터 전래되어 오는 이야기를 들려주었다.

두 사람이 분쟁이 생겨 누가 옳고 그른지 알 수 없을 때에 왕궁 건너편, 이 탑에 앉히고 가족들이 감시한다. 그들이 하루, 이틀 혹은 사흘이 지나면 잘못이 있는 사람의 몸에는 종기가 나고 해로운 열이 나서 괴로움을 당하지만 잘못이 없는 사람은 아무렇지도 않다는 것이다. 이런 방법으로 시비를 가렸는데, 이를 '하늘의 심판'이라 불렀다.

열두 개의 탑은 승리의 길을 사이에 두고 여섯 개씩 대칭으로 지었다. 다섯 개씩 열 개의 탑은 앞으로 나와 있고 두 개의 탑은 약간 뒤로 물러나 있었다. 왕궁에서 잘 보이게 문은 왕궁을 향해 열려 있는데, 이 길로 나가자는 것이다. 마치 전투에서 승리하고 돌아오는 기분이었다.

숙소로 돌아오는 길에 시장에 들러, 이곳에서 생산되는 과일이란 과일을 죄다 사와, 나누어 먹었는데 배가 아파오고 설사를 하기 시작했다. 화장실 드나들기에 바빴다. 여행국의 먹거리를 살펴보고 선별하는 지혜가 필요한 대목이기도 하다.

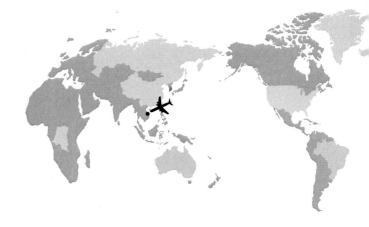

하롱베이

　캄보디아 '씨엡립'을 떠나 베트남 '하노이'공항에 안착했다. 버스를 타고 한참 만에, 숙소에 도착해 여장을 풀었고, 배 아픔이 호전되고 설사가 멎었다. 금강산도 식후경이라 했다. 기력이 생긴다.

　다음날, 아침 일찍 '하롱베이' 선착장에 도착하니 유람선들이 일제히 한 곳에 정박해 있었다.

　기다리는 시간에 가이드가 이곳의 전설을 전해 주었다. 이곳은 국립

공원(Halong Bay National Park)으로 수려한 자연경관이 빼어난, 베트남에서 가장 아름다운 곳이다. '하롱베이(Ha Long Bay)'의 하롱下龍은 글자 그대로 '용이 바다로 내려왔다.'는 뜻이고 한 무리의 용이 외세의 침략으로부터 사람을 구하고 침략자들과 싸우기 위해 내뱉은 보석들이 섬이 됐는데 3,000개나 된다는 것이다.

배를 타고 가는 중에, 두 개의 바위가 서로 마주보고 입맞춤하는 형체의 바위를 만나는데, '키스바위'라 불린다. 옛날에 청춘 남녀가 사랑하는 사람이 있었다. 불행하게 집안의 반대에 부딪혀 두 사람은 이곳으로 도망 와, 부모님을 저버린 자신들의 행동을 용서하지 않는다며 폭풍에 휩쓸려 죽고 난 이후에 바위가 되어 만나게 됐다고 한다.

베트남 지폐에 그려진 섬의 형체를 보여주며 이 섬을 볼 수 있다고 했다. 바다 위에 괴암절벽을 커다란 기둥이 받치고 있는 모습이다.

우리 일행이 관광할 '천궁동굴'은 '메꿍' 천지로 가는 길목에 있다하여 '메꿍(DONG ME CUNG)동굴'이라 부르는데, 한 바퀴 돌면서 관람한다.

몽골침략 때는 군사요충지로 사용됐는데 전세가 약해지자 5천 군사가 이 동굴에 숨어 있었고, 수전에 약한 몽골군이 '통킹'만의 수많은 섬과 협곡 사이로 처들어오는 적군을 물리쳤다. 베트남인들은 13세기 세계 최강국 몽골제국을 막을 수 있었다는 데에 자부심을 가지고 있다 한다.

유람선이 곧 출항한다는 전갈이 왔다. 7번 유람선에 탑승하는데, 배에 오르는 관광객들로 인산인해를 이룬다.

수많은 배들이 꼬리를 물고, 만灣으로 들어간다. 마치 이순신 장군이 일본군을 무찌르러 나서는 해전을 상상케 했다.

2층 갑판에 서서 바라보니 셀 수 없을 만큼 크고 작은 섬이 많이많이 있다. 첩첩산중이 아니라 첩첩 섬 중이다.

용龍이 하늘에서 내려와 내뱉은 여의주가 파편처럼 흩어져 크고 작은 기암괴석으로 변해, 에메랄드빛의 바다와 어우러져 병풍처럼 장관을 이루고 있다. 수천 개의 비경을 품고 있는 신비로운 풍경이다.

조금 지나니, 키스바위가 보였다. 비스듬한 각도에서 보니 꼭 입맞춤하는 듯이 닿아 보이고 배가 움직여 정면에서는 맞닿아 있지는 않은데 그림도 그러하지만 전설도 그러할만 하다. 불가사의한 볼거리이다. 바다 위에 떠있는 것처럼 보이는 네모난 절벽은 지폐에 넣을 만큼 값진 보물이었다.

유람선에 작은 배들이 다가와 상행위를 한다. 이 만灣에는 다섯 개의 해상마을, 150여 가구가 바위에 밧줄을 묶어 파도 없는 잔잔한 바다에서 과일을 팔아 먹고산다고 한다. 많은 사람들이 살다보니 해상 주유소와 시장이 형성돼 있고, 물 위에 학교가 있다니 신기하다. 이들의 생활모습을 살필 수 있다.

배로 이동하는 시간은 그리 오래 걸리지 않았다. 동굴 입구에는 배가 들어오는 부두와 나가는 부두가 따로 있는데, 바닷물에 여러 개의 기둥을 세우고 송판을 덮어 타고 내리기 수월하게 한 시설이다.

'천궁동굴'은 하늘의 궁전이라는 뜻으로 붙여진 이름이다. 수억 년의 세월에 걸쳐 석회를 머금은 바닷물이 천정으로부터 종유석을 타고 흘려 내리고 바닥에서는 석순을 쌓아올렸다.

많은 관광객들 사이에 줄지어 거친 계단을 올라간다. 중턱 쯤 올라 뒤돌아서서 바라보니 초록물감을 풀어 놓은 듯이 잔잔한 바닷물 위에 숫구친 여러 모양의 기암절벽 사이사이에 떠다니는 배들이 장관이다.

동굴입구에 들어섰다. 천장과 바닥은 시멘트콘크리트로 치장해, 물이 떨어지지 않고 춥지도 않다. 안전모를 쓰거나 신발을 갈아 신지 않아도 되고 장갑을 끼지 않아도 된다. 자연환경이 훼손된 인공적인 동굴처럼 보였다. 하도 많은 관광객이 찾는지라 종유석이 떨어지는 안전사고 예방을 하고 석순이 파손되는 우려를 감당하기 위한 조치라고 한다. 관람하기가 편하고 좋았지만 마음은 안타까웠다. 천연동굴 그대로를 살린 우리나라 단양 고수동굴과 비교되는 모습이다.

줄지어 조금 더 들어서니 휘황찬란한 불빛에 놀랐다. 종유석과 석순 사이 공간에 조명기구를 설치해 놓았는데, '∩'모양의 길을 따라 관람한다.

거북이 바위, 로미오와 줄리엣 모습, 곰처럼 생긴 석상 앞에는 1달러 지폐와 천 원짜리, 베트남 지폐들이 놓여 있었는데 관광객이 소원을 빈 모양이다. 부처님이 악마를 누르고 있는 모습, 촛대 바위, 석순이 자라 석주를 만든 기둥에 웃고 있는 악마의 얼굴, 악어가 먹이를 찾는 듯이 머리를 쳐들고 입을 딱 벌리고 있는 모습, 바다 위에 떠 있는 듯이 해파리 모양의 무리 등등, 모던한 느낌이 든다.

빨간색, 파란색 등의 조명 빛이 너무 강해서 경계 지어 보인다. 은은한 빛을 비추면 햇살이 자연스럽게 들어오는 듯이 훨씬 좋을 텐데 말이다.

바다 한 가운데 섬에 이런 동굴이 있다는 게 신기하다. 몽골군사가 숨을 만큼 규모가 굉장히 크고 해적들이 은신처로 사용할 만한 위치다.

늘어선 줄을 따라 내려오는 길은, 그 동안 쌓였던 피로를 풀어 주는 듯이 기분이 좋았다.

일정 마지막 날, 공항으로 가는 도중에 수상 인형극장에 들렀다. 전통악기로 연주를 하고 남녀노소의 인형을 들고 물속에서 이루어지는 연극을 관람하고 분단됐던 조국의 아픔을 겪은 베트남의 역사를 이해할 것 같았다.

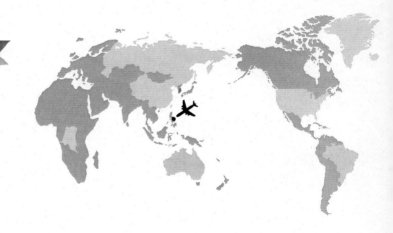

마닐라

인천을 떠나 '마닐라'공항에 도착해, 현지 '가이드'를 대면하고서 '팍상한 폭포(PAGSANJSAN RIVER)'로 향했다. 1시간 반이 걸렸다.

가이드가 이곳에 대해 알려주었다. 세계 7대 절경 중에 하나로, 마치 아마존과 비슷한 느낌을 주는 곳임을 강조하면서 스릴 만점의 급류타기를 즐길 수 있다고 한다. 정식 명칭은 '마그다피오(Magdapio) 폭포'인데, 영화 '지옥의 묵시록(Apocalypse Now)'과 '플래툰(Platoon)'을 촬영했던 장소로 유명해졌다 한다.

폭포까지 '방카(Banka)'라는 통나무배를 타고 올라가는데 두 명의 뱃사공이 앞에서 끌고 뒤에서 밀면서 올라가는데, 준비물로 운동화를 신고 옷 한 벌을 비닐봉지에 싼 후, 가지고 출발하라는 것이다.

매표소 탈의실에서 간편복으로 갈아입고 구명조끼와 헬멧을 착용하고 동력 배에 올라탔다. 흐름이 잔잔한 강물에 띄워 놓은 줄을 잡고서 서서히 이동하는데, 벌써 돌아오는 사람들이 탄 배가 오고 있다. 강줄기 오른쪽에 식당이 즐비한데 한국 음식점도 보였다.

그 지점에서 '방카'로 갈아탔다. 처음에는 노를 젓더니 점점 물살이 거세지자 벌떡 일어나 발로 바위를 딛고 밀어 배를 이끈다.

바위사이 'S'모양으로, 물살이 더 세거나 경사가 심한 곳은 아예 내려서 앞 사람은 배를 끌어당기고 뒷사람은 있는 힘을 다해 밀어 제친다.

한 고비를 넘기고 물살이 잠잠한 곳에 다다랐다. 수백 년이나 된 듯이 야자수 나무와 꽉 들어찬 수풀사이, 기암 괴벽을 타고내리는 폭포수와 어우러진 절경이 아름다웠다.

경사가 완만한 강줄기를 오르다 또 어려운 코스를 만났다. 내려오는 배를 만나자 뱃사공이 도와 달라는 듯이 큰 소리를 질렀다. 알아들을 수 없는 언어다. "무슨 말이지?", 일행 한 분이 "분명 영어는 아닌데!" 나중에 알았지만 그 지역에서만 사용하는 언어였다.

급경사인데다가 꼬불꼬불하다. 'S'모양 물줄기를 한 차례 오르고 또 'S'자 굽이를 올랐다. 뱃사공이 한숨을 내쉬었다. 무척 안쓰러웠다. 팁을 두둑이 지급해야겠다.

주변을 둘러보니, 강줄기 양쪽이 까마득한 절벽에 정글이 한 눈에 들어온다. TV 속에서나 볼 수 있는 그림이다. 가이드가 일러 주었듯이 아마존의 그것과 다를 바가 없다. 좋은 체험을 하고 있는 것이다.

한숨 돌리고 오르기를 반복한다. 한낮인데 키 큰 나뭇잎에 그늘져 어두컴컴하고, 중간 중간에 만난 작은 폭포수를 맞으니 오돌오돌 추워 온몸이 떨린다.

한두 시간 걸렸을까, 종착점에 올랐다. 배에서 내려 5분가량 걸어 '팍 상한 폭포'를 건너다보니 절벽에서 마구 쏟아져 내리는 물줄기 안에 동굴이 있었다. 널따란 뗏목에 많은 사람을, 옹그리고 앉은 자세로 태우고 동굴 안으로 들어갈 때 소리치고 나올 때 큰 소리 친다.

들어갈 때 외침은 '아이쿠 춥다!' 나올 때는 '시원하다.' 뗏목에서 내릴 때는 '전신 마사지 한번 잘했다.'였다.

필리핀 사람들은 여자아이를 선호하는 경향이 있는데, 이 폭포수를 맞으면 딸을 낳는다는 미신이 있다고 들었다. 찬물을 뒤집어쓰면 아이를 낳을 수 있다는 말인가? 의문이 생기기도 한다.

우리 일행이 들어갈 차례다. 뗏목에 올라 앞사람의 옆구리를 두 손으로 꽉 잡고 앉아 동굴을 향해 서서히 들어간다. 사정없이 내리쏟는 폭포수에 난타 당한다. 컴컴한 동굴 안에 들어갔다가 나오는데 세찬물줄기가 마구 때린다. 온몸이 흠뻑 젖고 추웠지만 짜릿한 느낌이다. 재밌는 관광이고 추억이다.

일행 한 분이 너무 추워 떨면서 구토현상이 나타나 곧바로 하강하기로 했다. 오를 때 뱃사공의 안내에 따라 내려온다.

물 흐름이 잔잔한 곳에는 밀고 끌어서 가고 물살이 센 데는 카누경기 하듯이 가속을 붙여 좁은 물줄기를 타고 순식간에 지난다.

급류를 통과할 때는, 뱃사공이 배의 바닥 손잡이를 꽉 잡으라고 제스처(Gesture)하며 큰소리친다. '방카' 옆구리가 좌우 바위에 부딪히면서 빨리 가다가 멈췄다가를 반복하니 사람의 무게 중심이 사방으로 쏠리면서 목 따로 몸 따로다. 스릴 만점이었다.

어느새 다 내려왔다. 두 사람의 뱃사공이 애쓰는 모습에 내내 안쓰러웠는데, 금일봉을 건넸다. 토속 말로 고맙다는 인사말에, 즐거운 관광이었다고 답을 하였다.

아픔을 호소했던 일행이 많이 호전되어 다행이다. 식사를 마치고 조성된 공원의 열대식물을 살펴보며 휴식 취하고 숙소에 도착해 여장을 풀었다.

다음날 '따가이타이(TAGAYTAY)'로 가는 중에 가이드가 안내하였다. '따할 호수(Lake Taal)' 안에 '따할 화산섬(Taal Volcano Island)'의 호수에 간다고 하였다.

헷갈리는 말에 질문을 했다. 50만 년 전에서 10만 년 전에 엄청난 화산폭발이 일어나 거대한 '따할' 호수를 만들었는데 이를 '칼데라(Galdera)'라고 부르고, 그 호수 안에 생긴 '따할' 화산섬에서 다시 화산폭발이 발생해서 '따할 화산섬' 꼭대기에 작은 호수가 만들어졌으므로 '이중 칼데라'인 것이다. 백두산 천지가 바로 이런 것이고 미국 오레곤 州 '크레이터 레이크(Crater Lake)'가 이렇게 만들어졌다고 하였다. 모두들 이해한다는 듯이 고개를 끄덕였다.

가이드가, 관광지명이 '따할'이 아니고 왜 '따가이타이'라고 부르지요? 되레 물었다. 마음이 들뜬 일행이 알 리가 없다. '가이드(Guide)'가 전문 직임에 틀림이 없다.

필리핀 카비테(Cavite)주 타가이타이市 이름이다. 타가(TAGA)는 '쳐라', 이타이(ITAY)는 '아버지'라는 뜻으로 멧돼지를 사냥 나갔다가 어려움에 처한 아버지를 보고 아들이 '아빠 내리쳐(TAGAITAY)'라고 소리쳤다 해서 생긴 명칭이란다. 재미있는 일화이다.

차량이 멈춰서고 일행이 내렸다. 그 지점에는 지프차를 개조해 사람 십여 명이 타도록 만든 필리핀 택시 지프니(Jeepney) 운전자가 호객행위를 하고 있다. 운임을 흥정해 일행 모두가 타고서 꼬불꼬불한 언덕길을 오르는데 차량엔진 소음이 심하게 나고 내리막길에서는 차체가 흔들리면서 사람이 앞뒤로 쏠리고 머리가 천장에 닿기도 하며 호수공원에 도착하니 구린내가 난다.

이 지역은 파인애플, 코코넛 야자수, 꼬마 바나나 주단지로, 몇 집 안 되는 마을이다. 거름이 썩고 문이 없는 화장실에서 나는 냄새인 듯하다.

파인애플, 야자수 나무가 수백 년이나 자란 듯이 아름드리 줄기 둘레에는 잎 몸이 잘려나간 잎자루의 흔적이 층층을 이루고, 더러는 말라붙은 잎맥이 매달려 늘어져 있다. 나무 꼭대기에 달린 열매가 익어가는 광경이 낯설지가 않다. '꽉상한' 정글에서 보았었다.

이곳에서 수확한 과일을 사려고 허름한 가게에 들어서니 물러터진 과일밖에 없었다. 구입할 마음이 사라지고 말았다.

'따할'섬으로 가는 배가 많지 않고 부두도 따로 있는 것이 아니다. 그저, 예닐곱 대가 관광객을 태우고 섬에 내리고 오는 사람을 실어 나르는데 '꽉상한' 폭포에서 탔던 좁고 긴 '방카' 양옆에 날개를 달아 안정감을 높이고 모터를 장착한 배이다. 한 대에 두 사람을 태우는데 우리 일행은 여섯 대에 나누어 탔다.

힘차게 불어오는 바람에 출렁이는 물살을 가르며 사공이 있는 속력을 다 낸다. 뱃머리에 부딪혀 튀어 오른 물방울이 온몸을 덮친다. 우비를 입고 배 바닥에 납작 엎드리긴 했지만, 찬물에 목욕하기는 매 한가지다.

새파란 물이 그렇게 맑을 수가 없다. 수면에 손을 집어넣어 물 한 움큼 집어삼키니 분명 바닷물은 아니고 현지의 특수한 맛이다.

단숨에 섬에 도착하니 꽤 많은 사람이 줄서서 차례를 기다리고 있었다. 조랑말을 타기 위해서다. '따할' 화산 정상까지 말 타고 올라간다.

거기에는 호객행위를 하는 원주민이 있었다. 오르는 길이 모래 바닥이라 먼지가 많이 날려서 마스크를 써야하고 햇볕이 따가우니 모자를 쓰라는 것이다. 민감한 사람은 마스크를 준비하는 관광객도 보였다.

현지인 마부가 말타기 요령을 알려주었다. 안장 고리를 단단히 잡고 신발 코끝을 고리에 끼어 옆으로 힘주어 벌리면 무게 중심이 잡힌다.

안장에 올라앉으니 왜소한 조랑말 등이 휘청하는 듯했다. 내 몸무게가 많이 나가서일까? 내가 보기엔 너무 어린 말인 것 같다.

가파른 언덕을 올라가는데 뒤뚱거리기 시작한다. 마부가 양다리를 벌리라고 소리쳤다. 영어를 쓰니 알아들을 수가 있었다. 산세가 험한

돌멩이 사이를 잘도 간다. 하산하는 관광객이 우선하는 룰이 있다. 올라가던 조랑말이 거친 숨을 몰아쉬며 잠시의 휴식을 가진다. 이 과정을 몇 차례 거치며 정상 코밑에 도착하였다.

언덕배기에 얼기설기 그늘을 만들어 놓고, 원주민이 코코넛, 야자열매의 꼭지부분을 뭉텅한 칼로 요리조리 빗어내고 꽂아주는 빨대로 먹으니 밍밍하지만 갈증을 해소시켜 주었다. 이른바 천연 주스(Juice)를 이곳에서 맛봤다. 잊혀지지 않을 것 같다.

정상에서 전경을 살핀다. 배를 탔던 거대한 호수 둘레의 수풀은 외륜산이고, 내려다보이는 작은 호수 둘레 수풀이 내륜산이다.

내륜산과 호수가 맞닿는 몇 군데 국부에는, 물속의 뜨거운 기운 때문에 물방울이 연기처럼 김이 솟아올라 온다. 이런 것들이 어우러져 아름다운 풍경을 연출하고 있다. 지금도 화산가스가 분출중이다.

화산활동이 완전히 멈춘 게 아니라 휴식기다. 언젠가는 다시 폭발할 수도 있다. 위험한 곳이기도 하다.

배를 타고 왔던 호수와 외륜산이, 한 폭의 그림으로 표현할 수 없이 무지하게 넓다. 장관이다. 파인더(Finder)를 밀고 당겨 몇 커트의 사진을 찍었다.

내려오는 길은 더욱 어려웠다. 말[馬]은 천천히 걷는데 사람의 몸은 자꾸만 앞으로 쏠린다. 허리를 펴 뒤로 젖히고 두 다리는 앞으로 쭉 내밀어 무게중심을 잡는 자세가 수완이다. 하마터면 곤두박이칠 뻔해서 애를 먹었다.

출발했던 곳으로 돌아가던 배가 호수 가운데에서 고장이 났다. 구멍조끼가 없고 구조해줄 배도 나타나지 않았다. 걱정을 하는 동안, 사공이 발동기를 수리하였는지 몇 차례 시동 걸기를 시도하더니 다행히 모터 돌아가는 소리가 났다.

호수 공원에 도착하니 일행이 기다리고 있었다. 다행한 일이었다. 필리핀에서 가장 쾌적한 지역으로 알려진 '따가이타이' 관광을 마무리했다.

제주도

Maze land

이곳에는 〈미로迷路〉가 있다.

미로는 복잡한 길을 찾아 출발점부터 시작해 도착점까지 도달하는 체험형 퍼즐인데 수많은 갈래 길을 제시해 길을 잃게 만들어 목표지점에 도달하기 어렵게 만드는 구조이다.

3군데에 미로를 만들어 놓았다.

〈바람(태풍)미로〉 입구에 들어섰다. 어린이 키 높이의 측백나무를 통로와 경계 지어 꼬불꼬불 심어 놓은 길을 따라 출구까지 가는 것이다.

여학생 2명이, 누가 더 빨리 출구를 찾아 가는지 내기를 한 모양이다. 깔깔대며 뛰어다니다가 용케도 출구에 먼저 도착한 학생이 이겼다며 만세를 불렀다. 재미있는 놀이이다.

나는 출구까지 가는데 한 20분이나 걸린 것 같다. 입구 안내간판에는 미로 총 길이 1,451m, 최단 길이 531m라고 나와 있었다. 제일로 긴 길을 몇 바퀴 돌았던 것이다.

측백나무는 피톤치드(Phytoncide)를 가장 많이 방출하는 나무로 산림욕 효용의 근원으로 알려져 있다. 그래서 '치유의 미로'라 부르기도 한다. 사람의 건강을 센스 있게 반영한 숲길이다. 훌륭한 고안이다.

〈여자(해녀)미로〉는 1,546그루의 애기동백나무를 심었고 총 길이 1,321m, 최단 길이 423m이다.

이번에는 최단 길로 가기 위해 유심히 살펴보고서 입구에 들어서서 조금 지나니 여러 갈래 길에 직면하고서 이리 갈까 저리 갈까를 망설였다. 안내 간판을 보았는데도 헷갈린다.

하나의 길을 선택해 꼬불꼬불 걸었다. 출구 가까이 갔다가 되돌아오기를 반복하며 끝내 먼 길을 걸었다.

마치 인생길을 걷는 느낌이다. 목표가 바로 저긴데 먼 길을 돌면서 지난 일들을 되돌아보는 동기가 되었다.

〈돌(돌하르방)미로〉는 현무암 10만 개를 쌓아 만든 세계최장 석축 미로다. 바닥은, 인체에 유익한 원적외선과 음이온이 다른 광물보다 많이 방출되는 제주 천연화산石 '송이'를 깔아 몸에 좋은 기가 나온다.

2,261m의 돌담에서 연기처럼 피어오르는 안개분수 길을 걸으니 기분이 묘했다. 미로는 갔던 길을 되돌아오지 않는다. 길을 따라 계속 간다.

사람으로 치면 허송세월 하였건 그렇지 않고 살았든 그 때로 되돌릴 수 없는 건 마찬가지다. 누구에게나 허송세월은 있다. 삶의 한 과정이고 알게 모르게 생애에 보탬이 되었을 것이다. 안개에 휩싸인 미로 중간쯤에서 떠오른 심경이었다.

그다음 코스는 미로모형을 한눈에 바라볼 수 있는 높은 곳 〈성취의 종〉 자리다.

'바람미로'는 혈액순환과 스트레스를 완화하는 회오리 모양, '여자미로'는 해녀가 바다에서 물질을 끝내고 물 허벅을 짊어지고 돌아오는 모양, '돌미로'는 벙거지모자 왕방울 눈, 큼지막한 주먹코의 돌하르방이다. 아름다운 풍경이다.

성취의 종은 8세기 전반에 건립된 인도네시아 자바섬 보로부두르(Borobudur) 종 모형을 따 제작하였다고 한다.

마음 속 현실을 일상의 현실로 바꾸려는 소망의 종소리이다. 나와 내가 사랑하는 사람의 소원을 종소리와 함께 전달해보자는 뜻이다.

이순耳順에 막 접어든 나이에 아내와 같이, 지난 세월을 되돌아보고 다가올 세상을 음미해 보는 의미 있는 명상의 시간이었다.

지금도 종소리는 울리고 있을 것이다. 모든 이의 소망을 현실로 바꾸려고 말이다.

외돌개

'외돌개'가 있는 황우지 해안에 간 건 오후 시간이다. 우리를 반긴 사람은 조그마한 가게를 운영하면서 주차 관리하는 할머니였다. 주차비를 받아든 할머니가 길 안내를 해 주었다. 고마웠다.

돌계단을 내려서니 탁 트인 서귀포 앞바다가 시원스레 보인다. 해안 길을 따라 걸었다. 멀지 않은 곳에 돌기둥이 나타났다.

오래 전에 와 본적이 있지만 명승지 이름조차 알지 못하는 무심한 여행이었다. 아내와 동행하니 새롭다.

해안에는 관람하기 안전하게 송판을 바닥에 깔고 굵은 막대 기둥을 박아 울타리를 만들어 놓았는데, 많은 사람이 관광을 즐기며 나무기둥에 기대어 서서 기념촬영하기에 바쁜 모습이다.

제주방언을 쓰는 중년 아주머니와 아저씨의 몽니양도 있었다. 그 틈 사이에 끼어 사진 찍으려하니 지는 태양에 역광이어서 좋은 그림이 아니었다.

바다의 '외돌개'를 중심으로 섬 방향 어디에서나 사진 찍을 수 있는 지형이다. 한 굽이를 돌아 포즈를 취하고 셔터를 눌렀다. 뒷배경이 볼 만하다. 낭떠러지 기암절벽에 뿌리내린 소나무와 수풀, 야생화가 아름다움을 더했다.

바다에 선 '외돌개' 기둥은 보는 위치와 각도에 따라 달리 보인다. 외로워 보이기도 하지만 어찌 보면 뚱뚱해 보이기도 한다.

화산이 폭발하여 분출된 용암지대에 파도의 침식 작용으로 형성됐고 절벽과 동굴의 주변 해안이 절경을 이루고 있는 멋진 자연 경관이다.

이곳을 지나 황우지 해안 산책로를 따라 걸으며 바다와 자연을 온몸으로 느끼는 오랜만의 휴식이었다.

가끔 황홀한 풍경 속에 빠지고 싶을 때 이 사진을 펼쳐 볼 것이다.

용머리해안

아침 일찍 숙소를 나와 용머리해안으로 가는 길은 자동차가 보이지 않는, 마치 전세라도 낸 도로를 달리는 듯했다.

유채꽃이 만발한 밭을 발견하고 아내가 기념 촬영하고 가자는 것이었다. 차를 세우고 밭에 들어서 번갈아 서로 사진을 찍어 주었다.

꽃 사이에서 찍은 사진이 생각만큼 아름다운 모습이 아니라며 아내가 실망하는 눈치다. 얼굴 주름이 선명하게 보여 늙어 보인다는 것이다.

대뜸 "사진은 생긴 대로 나오는 법이야" 내 입에서 튀어나온 말이었다. 한 소리 듣겠거니 생각하고 있는데 다시 찍어달라고 하였다. 다행이다.

이번에는 렌즈와 유채꽃이 평형이 되게 촬영하였다. 배경 반, 인물 반이다. 그제서야 만족하는 눈치다. 가사에, 직장에 시달리고 자식들 키우느라 생긴 주름살이다. 잘해야 한다는 생각에, 여행에서의 또 다른 의미가 있음을 느낀다.

탐라수국 가로수 도로를 지나 산방산에 도착해 필기도구를 구입하려 했지만 가게는 아직 문을 열지 않은 상태이다. AD 1928년에 창건한

'산방사' 사찰의 역사를 스마트폰 S메모 어플(Application)에 적었다.

맞은편 아래가 용머리해안이다. 입구에는 하멜 상선전시관 팻말을 붙인 큰 배가 있다. 네덜란드 핸드릭 하멜이 '스페르웨르 호'를 타고 일본으로 항해 도중 풍랑을 만나 상륙한 해안이다.

15세기 유럽에서는 해양을 통한 신천지로 눈을 돌리는 시기다. 상선 안에는 하멜의 머나먼 여정, 그들이 겪은 고초 등의 전설이 전시돼 있는데, 해양 역사를 배울 수 있는 좋은 기회였다.

용머리해안에 들어서자 세찬 바람과 함께 파도가 거칠게 휘몰아친다. 모자를 꾹 눌러 쓰고 안으로 들어가는데 문득 위험한 상상에 빠진다.

갑자기 파도가 세차게 몰아쳐서 날 집어 삼키면 어떻게 하지? 미끄러운 암석 표면을 헛디뎌 바다 속으로 사라지면 어떻게 하지? 바보 같은 걱정을 했다.

난, 바다가 보이지 않는 내륙에서 성장해서 이런 환경에 익숙하지 못해 겁을 집어먹기도 한다. 몇 차례 다녀가긴 했지만 오늘처럼 위험을 느끼는 건 처음이다. 조심해야 한다.

수천만 년의 세월이 만들어낸 해식절벽이 고스란히 담겨 있고 솟구친 절벽에는 가로로 길게 겹겹이 층계가 이루어진 광경은 바라보면 볼수록 신비롭다. 자연의 경이로움 앞에 압도당한다. 누구나 그렇게 느낄 것이다.

이를 배경으로 아내와 나는 서로 사진 찍어주기를 했다. 사진이 선명하게 잘 나왔다.

오래 머물 수가 없어 나오는 길에 절벽의 표면을 손으로 쓱 만져 보았다. 곰보처럼 생겨 깔끄러웠다. 여기가 용암지대임을 알려주는 듯하다.

천하를 호령할 제왕이 태어날 기운을 품고 있는 용머리해안을 알게
된 중국 진시황이 호종단(고려 중기의 귀화인)에게 지시를 내려 용의 혈맥
잔등과 꼬리를 잘라내게 하였다. 그 후로 용의 기개를 이어받은 '사계
리' 후손들이 풍요로운 마을로 일궈냈다는 역사가 있는 곳이기도 하다.

쇠소깍

차량 내비게이션을 켜고 편도 1차선 좁은 도로로 한참을 이동하였
는데 지나치고 말았다. U턴해서 되돌아와 보니 이곳은 도로 옆에 자리
하고 있었다.

관람료를 내고 입장하는 줄 알았는데 그렇지가 않았다.

도로에서 물이 차는 데까지 나무계단을 만들어 관광할 수 있도록
배려하고 있다. 계단을 밟고 내려가니 아름다운 경관의 극치를 보는
듯했다. 나룻배를 타고 노 젖는 광경이 운치를 더하고 있다.

'쇠소깍'을 '효돈천'이라 부르는데, 한라산 백록담에서 효돈 해안에 이
르는 물줄기가 건조한 상태로 오랜 기간 하식작용을 통해 V자형 계곡
이 형성되어 하구에서 솟아나는 민물과 바닷물이 만나 깊은 웅덩이를
이루고 있다.

계곡 주변에서 자란 난대 상록활엽수림과 온대 활엽수림이 웅덩이
의 하늘을 거의 덮고 있다.

또 한란, 돌매화, 솔잎란, 고란초, 으름난초 등 제주 토종 야생화가 자

생하는데 이 수풀이 어우러져 빼어난 경관을 연출하고 있다. 얼마나 아름다운 풍경인지 상상이 갈 것이다.

유네스코가 생물권보전지역으로 지정한 이유를 알 것 같다. 그날은 이슬비가 내리는 날씨였다. 멋진 기념사진을 찍지 못해 안타까웠다.

마라도

'모슬포항'에 도착하니 작은 범선이 바다에서 들어오고 있었다. 부둣가에는 중년 아주머니들이 모여 어수선하니 모여 있는데 다가가 보았다.

바닷고기 '자리돔'을 저울질해 현금거래를 하는 것이었다. 횟집 가게를 운영하는 사람으로 보였는데, 제주에도 이런 상거래가 이루어지고 있다. 마치 재래시장의 모습을 보는 듯 했다. 보기 좋은 모습이다.

터미널로 이동해, 여객선에 몸을 실었다.

2층 선상에서 보이는 건 Y자 모양의 방패막이다. 태풍이 일어 밀려오는 파도를 잠재우기 위해 산더미처럼 쌓아 놓은 것이다. 효험이 있어 보인다.

여객선이 바다 중간지점에 이르러 본 광경은 도시 건물이 바다 수평선 위에 떠있는 것처럼 보인다. 실은 내가 바다 위에 떠있는데 말이다. 보기 좋은 광경이다.

거센 바람에, 선실 안으로 들어오니 멀미기가 있다. 모처럼만에 배에 오른 탓이다. 스피커에서 "2000번의 자동차 키 분실하신 분 조타실로 오십시오."라는 소리가 들렸다.

내 것이 아닌가 싶어 호주머니를 뒤지니 그건 아니었다.

11km의 해상 거리가 금방 지나갔다. 마라도 '자리덕' 선착장에 들어
서는데 "50분가량 관광하고 오라"는 안내방송이 나왔다. 부지런히 다
녀야 한다. 시간이 부족한 때문이다.

선착장 바닥에서 마라도 평지까지 오르는 데는 가파르고 높은 계단
길이다. 한 계단 한 계단 발걸음을 옮기는데, '멀미할 것 같다. 속이 매
스꺼리기에 되돌아갔으면 좋겠다.'는 한 젊은이의 말에, 나만 멀미하는
게 아니구나 생각했다.

처음 온 아내는 멀리까지 왔는데 남단 끝 땅을 밟아봐야 한다며 빠
른 걸음걸이를 종용했다. 뛰어가다시피 걸어 기념사진을 찍었다.

마라도에 가면 자장면을 먹어야 한단다. 몇 군데의 식당이 있는데
많은 사람 틈에 자리를 잡고 앉았다. 바다 식물 톳으로 요리한 자장면
이 거북한 속을 가라앉게 해 주었다. 맛있게 먹었다.

선착장으로 가는 길에 '최남단비'를 만났다. 마라도 총면적은 5,700여
㎡이다. 멀리 바라다 보이는 산방산, 형제섬, 한라산이 멋진 풍경이다.

선착장에는 외국인과 뒤섞여 혼잡하다. 여기가 최남단 땅 끝 마라도
임을 실감했다.

절물 휴양림

숙소를 출발해 꼬불꼬불 산길 도로를 1시간가량 이동해 한라산 중턱

에 도착하니 아침 이른 시간인데도 차량이 주차장를 꽉 채우고 있다.

휴양림 입구에 들어서자 송판으로 길을 깔아놓았다. 들어서자마자 길 양쪽에 가지각색의 얼굴 모습의 장승이 '어서 오십시오.'라며 반기는 듯했다.

쭉쭉 뻗은 삼나무가 **빽빽**이 자라고 있는 곳이다. 50년 묵은 나무를 솎아내어 켜서 길을 만들었고 장승을 만들어 세웠다.

거기엔 목공예 체험관이 있는데, 앞마당에 삼나무로 조각한, 곧 기어갈 것 같은 곤충을 전시해 놓았다.

땅 바닥에 고정한 굵은 나무기둥 나이테 부분에 일개미, 딱정벌레, 풍뎅이, 긴꼬리제비나비, 방아깨비, 사마귀, 집게벌레, 사슴벌레, 여치, 땅강아지, 물장구, 장수하늘소, 쇠똥구리, 갈구리측범잠자리 등 우리나라에서 서식하는 곤충 모두를 집합시켜 놓은 듯했다. 목공예 기술이 대단하다.

11km의 장생의 숲길을 산책하였다. 제주에서 서식하는 상사화, 춘란, 둥굴레 등, 수풀이 우거진 청정자연의 깨끗한 공기를 마시니 몸과 마음이 맑아짐을 느낄 수가 있다. 행복한 시간이었다.

유리의 성

이곳에는 곶자왈(화산이 분출할 때 점성이 높은 용암이 크고 작은 바위 덩어리로 쪼개어져 요철지형이 만들어지면서 형성된 제주도만의 독특한 지형)길에 600m의 '마법의 숲'이 설치되 있었다.

수풀이 우거진 산책길가에 유리 공예품을 곳곳에 비치해 놓은 것이다. 입구에 들어서는데 'Top of the World' 팝송이 은은히 흘러나와 분위기를 띄워 준다. 여기가 마법의 숲길임을 느끼게 하였다.

제주에 여행 와서 알게 된 이곳을 관광하자는 아내의 요청에 별거 있겠거니 생각했는데 들리기를 잘했다. 제대로 관람하게 된 것이다.

처음 구경한 곳은 '곶자왈 하르방'이다.

벙거지 모자에 부리부리한 왕방울 눈, 큼지막한 주먹코, 꼭 다문 입, 배 위 아래로 위엄 있게 얹은 두 손의 모형에 여러 가지 색상을 넣어서 만든 고매한 모습이다. 제주의 명물다웠다.

나뭇가지에 가지각색의 유리풍선이 매달린 '소원유리풍선', 밤새 쳐 놓은 '보석거미줄'. 가족들은 오늘도 열심히 '곶자왈 아침' 큰 나뭇가지에 매달린 도자기와 종 모양의 '바람의 소리' 길을 지나 '노루의 정원'에 도달하였다.

황금노루 3마리가 서있는 땅바닥에는 튤립 꽃이 만발한 광경이다. 그냥 지나칠 수 없다. 아내와 같이 기념사진을 찍었다. 모처럼 같이 찍은 사진도 있다.

유리를 고온에 녹이면서 만들어 낸 형형색색의 아름다움에 놀라지 않을 수 없다.

다음 길에는 수많은 생명의 안식처가 된 '곶자왈의 얼굴', 사슴이 노래하고 다람쥐가 박수치는 '숲 속의 동물음악회', 산타마을의 알록달록 '크리스마스트리', 눈감고 소망을 빌어 보자는 '소원탑', 행운이 주렁주렁 '호박이 넝쿨째', 신이 내려준 '와인 잔 브릿지', 생기가 가득한 '유리 수초', 새롭게 태어난 '황금 한라봉' 코스도 지나칠 수 없다.

각양각색으로 물들여 만든 조형물을 자연 숲길 요소요소에 전시해 놓은 휘황찬란한 길이다.

유리불기기법으로 제작하는 유리조형의 한계가 어디까지인지 의아했다. 좋은 관광이었다.

소인국 Theme park

정문을 들어서자마자 첫눈에 보인 건, 축척 18분의 1 크기의 서울역이다. 그 모습 그대로 재현해 놓았다.

서울역은 22년부터 25년까지 18세기 절충주의 양식으로 지은 건물로 현존하는 가장 오래된 건물이라고 한다.

굽이진 길을 걸어서 보니 가려져 있던 광경이 펼쳐졌다. 100분의 1 축척으로 만들어진 세계 유명한 건축물이 호수 둘레에 자리하고 있었다.

이탈리아 '피사의 사탑(Leaning of Pisa)'은 12세기 대리석 건축물로 무려 176년이나 걸려 완성된 8층탑이다. 갈릴레이가 낙하실험을 한 곳으로 유명하고 세계 7대 건축 불가사의 중 하나이다.

미국의 '자유의 여신상'은 '자유는 세계를 비친다.'는 뜻인데 프랑스 국민이 독립 100주년을 기념해서 기증하였다. 프랑스人 '프레데리크 오귀스트바르톨디(Frederic Auguste-Bartholdi)'가 자신의 어머니를 모델로 40만 달러를 들여 동銅으로 만든 연판제 동상이다. 오른손에 햇불을 쳐들고 왼손에는 '1776년 7월 4일'의 날짜가 적힌 독립선언서를 들고 있다.

이곳의 명칭이 궁금했는데 왜 '소인국'이라 이름 하였는지? 이해할 것 같다.

그리스 '파르테논 신전'은 도리스식 신전의 극치를 나타내는 걸작이다. 당대의 가장 훌륭한 예술가 3명이 완성한 이른바 '황금분할'이라 불리는데 그리스 정신의 집대성이라 할 수 있다.

'오페라하우스(Opera House)'는 호주를 대표하는 미와 지를 조화시킨 건축물이다. 조개껍질을 모티브로 한 것처럼 보이지만 사실은 깎아놓은 오렌지 모양을 살려 설계하였다.

브라질 코르코바도(Corcovado)山 정상에 세운 '그리스도'상, 중국 만리장성 등 세계 이름난 유적들을 돌아본 기분이었다.

4

취미생활

마음이 유쾌하면 종일 걸을 수 있고
괴로움이 있으면 십리 길에도 지친다.

〈셰익스피어〉

스키
수영
Bowling
야간등반
·소백산
·설악산
·오대산
·태백산

스키

S고등학교에 근무할 때였다. 많은 눈[雪]이 내리는 겨울날, 김○○ 체육교사가 "스키 타러 갑시다." 진담 반, 농담 반으로 말을 했다.

"스키를 타본 적이 없습니다." 답을 하자,

"비싸지 않은 경비를 내고 몸만 가면 됩니다. 먹여주고 재워주고 스키 장비를 빌려, 기술까지 가르쳐줍니다."

짧은 대화가 오갔다.

좋은 기회라고 생각하고서 참여 하겠다고 했다.

"초급반에 명단을 넣겠습니다. 나중에 다른 말하시면 안 됩니다."라며 서류뭉치를 들고서 사무실 문을 열고 황급히 나갔다.

4박 5일간 스키강습 행사다.

여태껏 말로만 듣던 '스키'이고 돈 많은 사람이나 즐기는 스포츠라고 여겨왔다.

출발하는 날이다. 잠실대로에 수십 대의 관광버스가 줄지어 정차해 있었다.

많은 사람이 긴 플레이트와 부츠신발, 가방 등 스키 장비를 어깨에 메고 양손에 들고 배정한 차량에 승차하느라 바빴다.

1년 만에 만난 가족들이 일정표를 들여다보며 올해는 ○○네 가족과 같이 숙소를 지내게 됐다. 내 아이는 고급반에 편성됐다며 떠들썩거렸다. 매년 개최하는 행사임을 알 수가 있다.

강원도 '알프스 스키장'으로 이동하는데, 도로가 미끄러워 예정보다 늦은 시간에 도착하였다.

첫 눈[眼]에 들어온 건, 빨간 스키복 차림의 여성이 가파른 슬로프(Slope)에서 스키를 타고 내려오는 모습이었다. 인상적인 광경이었다.

초급반은 수강자 열 명에 전문 강사 한 명이 가르친다.

먼저, 해야 할 일은 신발을 신는 것이다. 신발을 부츠(Boots)라 부르는데 플라스틱 재질로 딱딱하다.

부츠 어귀를 벌리고 발을 집어넣어 힘껏 눌러 신었지만, 사이즈가 작은 것인지 신겨지지가 않았다. 다시 시도했다.

이번에는 좀처럼 들어가지 않는 발에 있는 힘을 다해 내리 밟았다. 발등이 상처가 난 것인지 얼얼했고 시작부터 고역이다.

그다음에는 플레이트(Plate)에 부착된 바인딩(Binding) 앞뒤 홈에 부츠 바닥 앞부분 코를 밀어 넣어 끼운 상태로 발뒤꿈치에 힘을 주어 밟으면 신발이 플레이트에 고정된다.

스키 장비를 착용하고 슬로프에서 일어서려하니 몸을 가눌 수가 없다. 그도 그럴 것이 부츠에 2m나 되는 플레이트가 인체기준 세로로 달려 있고 부츠발목 종아리 둘레를 꽉 죄고 있어서다. 이는 발목을 다치지 않게 하기 위한 것이다.

강습이 시작되었다.

강사가 완만한 슬로프에서 양손 폴(Pole)로 얼음 바닥을 짚어가며 옆걸음질 해 경사면을 오르는 시범을 보였다. 그러고서 한 사람씩 올라오라 하였다.

슬로프 경사면에서 옆걸음 보폭을 아주 짧게, 왼발을 옮기고 인체 무게중심을 왼발에 이동시킨 다음에 오른발을 들어 왼발에 붙이는 동작이다. 몸무게를 아래에서 위로 움직여 가는 수단이 키포인트다.

그런데 제대로 되지 않는다. 맨 앞사람이 시도하다가 줄 서있는 사람 쪽으로 넘어지면서 겹겹이 모두 쓰러졌고 웃음이 나왔다.

젊은 강사가 군기를 잡기 시작했다.

"정신 차리십시오. 선생님 손에 쥐고 있는 폴 끝 뾰족한 송곳과 부츠 플레이트 끄트머리 칼날은 사람을 다치게 하는 무기가 될 수 있습니다. 스키 배우러 왔다가 상처를 입고 돌아가면 되겠습니까." 분위기를 상기시켰다.

정신 바짝 차려야 한다. 왼발을 움직이려하니, 오른손에 움켜잡은 폴 끝에 무게중심이 쏠려 힘에 부쳐 곧잘 넘어진다. 무게 중심이 뒤로 쏠려 자동 후진하다가 넘어지기도 한다.

강사가 안전하게 넘어지는 방법을 알려주었다. 양발을 붙이고 플레이트가 일자가 되도록 언덕에 기대라고 가르쳤고, 다리를 벌린 상태로 넘어지면 크게 다칠 수 있다며 주의하라고 하였다.

겨우겨우 10m 언덕에 올랐다. 이제 내려가는 연습이다. 강사가 시범을 보인다.

플레이트 앞 끄트머리를 모아 A자 모양을 만드는 동시에 양 무릎을 오므리고 다리에 힘을 주면 플레이트 안쪽 날에 힘이 전달되어 정지한다. 이 기술이 에지(Edge)다.

양다리에 힘을 빼면 에지가 풀려 서서히 내려간다. 속도가 빨라지면 에지를 걸어 정지하고, 다리에 힘을 빼고 가속이 붙으면 다시 에지를 걸어 속도를 조절하는 것이다.

이 기술이 '플루크보겐(Pflugbogen)'이라 부르고 스키의 기본이다.

이 과정을 몇 차례하고서 첫날 강습이 끝났다.

숙소에 돌아와 양말을 벗으니 복사뼈 부위가 까지고 화끈거렸다. 넘어지지 않으려고 발을 움직여 부츠와 마찰을 일으켜 생긴 상처다.

그 다음날에도 10m의 언덕을 올라가고 '플루크보겐' 자세로 내려오기를 반복하며 기술을 익혔다. 내려가는 것은 그래도 할만하다. 옆 걸음걸이로 오르기가 너무 힘들어 몸서리를 쳤다.

수강자 한 사람이 "리프트(Lift) 탑시다."라고 외치자,

강사가 "아직 안 됩니다. '플루크보겐' 연습을 더 해야 합니다."라며 거절했다. 안전사고를 염려한 듯하다. 그렇다. 첫째도 안전, 둘째도 안전 셋째도 안전이다. 천만 번 옳은 말이다.

강습 셋째 날, 스키 타는 기술을 보고서 강사가 리프트를 타자고 했다. 모두 환호성을 질렀다.

리프트는 20m 공중에, 쇠줄이 타원형을 그리며 빙빙 도는데, 발전기의 구동을 쇠줄에 연결한 것이다. 이 줄에 일정 간격으로 의자를 매달아 사람을 태우고 꼭대기까지 이동하는 시스템이다.

강사가 리프트 타고 내리는 방법을 설명해 주었고 리프트 타는 장소로 이동했다. 거기에는 많은 사람이 줄서서 차례를 기다리고 있었다.

한참을 기다려 탈 순서가 됐다.

줄에 매달린 의자가 지나간 다음에, 탈 의자가 오는 틈에 타이밍을 맞춰 올라앉는 것인데, 성급히 들어가다 보니 엇박자가 나, 전기 공급을 차단하고서야 탈 수가 있었다.

강사가, 언덕진 슬로프에서 한 10m 아래로 '플루크보겐' 자세로 내려간 다음에, 한 사람씩 내려오는 걸 보고서 개인지도 하듯이 교정해 주었다.

스키 기술은 이렇게 배운다는 걸 느끼는 순간이다. 이 과정을 거치면서 스키 기술을 익히는데, 여러 차례 순서를 거치니 도움 없이 탈수가 있었다.

〈패럴렐 턴, 쇼트 턴, 스텝 턴, 슈템보겐〉 등, 어려운 기술을 가르쳤다.

기본자세를 배웠으니 앞으로 해내야할 과제이다. 숙제나 마찬가지다.

일정 마지막 날, 오전 시간은 자유스키다.

초, 중급자용 리프트를 오가며 엉거주춤한 자세로 즐겼다. 스키를 만끽할 수 있는 유익한 시간이었다.

그 다음부터는 틈만 나면 스키장을 찾았다.

스키는 아주 가파른 슬로프에서 '쇼트 턴(Short turn)' 기술로 내려오는 스릴이 있다. 이 기술은 점프 한 다음에 두발을 나란히 모으고 발목을 오른쪽 왼쪽 180도씩 돌려 플레이트가 슬로프에 닿자마자 에지를 걸었다가 다시 점프하기를 거듭하는 동작이다.

아주 가파른 언덕을 순식간에 내려오는 광경이 부러웠다. 동경의 대상이었다.

이 기술을 익히는데 한 시즌을 다 보냈다. 애를 먹었으나 속이 시원했다.

어떤 목표든 달성하는 데는 고비가 따르고, 마음대로 되지 않을 때는 스트레스가 찾아온다.

인내심을 가지고 최선을 다 하는 사람에게 주어지는 행복이다. 스키 타는 취미가 삶의 활기를 불어넣어 주고 있다.

수영

직원 열댓 명이 모여 '수영동호회'가 결성되었다.

직장 친목도모를 위해 한 군데 들어가야 한다고 해서, 어릴 적 냇가에서 물장구치며 노닐던 생각에 가입한 것이다.

며칠이 지나 동호회 활동을 할 테니 수영복을 가지고 나오라고 했다.

"수영복만 준비하면 됩니까?" 물으니,

수영모, 물안경, 세면도구도 준비하라고 알려주었다.

퇴근길에 매장을 찾았다.

여직원이 멋있다며 골라 준 알록달록 수영복과 수영모, 파란색 안경 테두리에 까만 렌즈(Lens) 물안경, 비닐로 포장된 세면도구 봉지를 구입했다.

수영장에 들어서니 어린 학생들이 사각모양의 킥(Kick) 판을 두 팔로 잡고서 물장구치며 어수선한 분위기다.

동호회에, 두 레인(Lane)이 배정되었고 거기에서 수영하는 것이다.

수영복으로 갈아입고 첨벙 뛰어들어 헤엄을 치니 1m도 가지 못해 가라앉았고 고개를 숙이고 호흡하다가 물을 먹었다. 몸 따로 호흡 따로다.

수영 잘하는 김○○이 한 자리에 모았다. 수영장에 처음 온 사람은 '음파' 연습을, 수영을 좀 하는 사람은 연습하라고 하였다.

바로 선 자세로 수영장 벽 모서리를 두 손으로 잡고서 공기를 들이마시며 '음' 소리치고 머리를 수면 아래로 집어넣고 머리를 수면위로 올리며 '파' 소리치고를 반복하는 동작이다. 호흡 연습을 하는 것이다.

한참을 훈련하니 지겨웠다.

물에서 나와 김○○이 헤엄치는 광경을 바라보니 25m 풀코스를 금세 왕복하는 것이다. 수영 자세를 살펴보았다. 동작 하나하나가 연속으로 이루어진다. 멋져 보였다.

머릿속이 복잡해져 갔다. 쉽지 않겠지만 도전 해야겠다는 다짐을 했다.

아침 7시부터 8시까지 수영기술을 배우기로 하고서 '음파' 동작과 헤엄치기 동작을 번갈아 연습해 나아갔다.

발차기 연습을 한답시고 물장구를 치니 팔과 인체의 밸런스가 맞지 않아 가라앉고 팔 자세 연습을 한답시고 물장구를 치니, 호흡 타이밍(Timing)이 맞지 않아 물을 또 먹었다. 참으로 답답한 노릇이다.

누가 스트레스(Stress)를 주는 것이 아니라 저절로 속이 상한다. 수영이 밥 먹여 주는 것도 아닌데, 그만두고 싶은 마음이었다.

스키 배우듯이 빠지지 않고 계속했다. 그럭저럭 3개월이 지날 쯤에, 수영 잘하는 어르신이 "수영 기술이 많이 늘었어요."라며 용기를 주었다. 힘이 생기고 자신이 생겼다.

그때부터 퇴근 시간에도 수영장을 찾았다.

몇 m 헤엄치는데, 호흡 대신에 물 한 모금 먹고서 정지하여 뱉어내고 한참을 쉬고 또 도전하니 몇 m 가지 못하고 힘에 부쳐 정지하기를 되풀이 했다. 오기가 치밀어 올랐다.

죽기 아니면 까무러치기로 훈련을 계속하였다. 물은 먹었지만 헤엄쳐 나아가는 거리가 조금씩 길어지는 느낌이다. 인체가 5m, 10m씩이나 앞으로 나아가는 것이다.

언제부턴가 이상하리 마치, 헤엄치기가 힘들지 않고 저절로 인체가 앞으로 '쑥' 나아가는 기분이었다.

따로 놀던 팔 동작과 물장구치기, 호흡 등 3박자가 척척 들어맞았다.

배우는 즐거움과 할 수 있다는 열정을 만끽할 수 있었다. 기분이 좋아도 너무 좋았다.

자유형은 수면에 엎드린 자세에서 인체를 앞으로 나아가게 하는 기술이다.

오른팔을 앞으로 쭉 내밀면 인체가 왼쪽으로 비틀어진다. 동시에 손을 물속에 집어넣어 손바닥으로 물을 잡아당기는 동작을 하면 몸체가 수평으로 된다.

그다음에 왼팔을 반원을 그리면서 앞으로 쭉 내밀면 인체가 오른쪽으로 비틀어지는데, 왼손을 물에 집어넣어 손바닥으로 물을 잡아당기면 인체가 몇 m 앞으로 나아가 있다. 한 사이클이 이루어진다.

호흡은 팔을 쭉 내밀어 몸통이 틀어질 때 머리를 들어 올려 공기를 들이마시는 동시에, 양발로 물장구를 치는 것이다.

타이밍하며 동작을 반복하는 기술이다. 숙달된 자세로 수영을 즐겼다.

마치 물개가 헤엄치듯이 인체가 수면 아래에서 몇 m '쑥' 나아가 코만 수면 위로 '쏙' 올려 숨을 크게 들이마시고 물장구 두 번 '타닥' 친다.

있는 힘을 다해 빠른 속도로 1.5㎞를 헤엄치고 밖으로 나오는 순간, 숨이 차고 어지러웠다. 드러누워 한참 휴식을 취하고서야 정신을 차릴 수가 있었다.

미련한 곰처럼 무리한 것이다. 어떤 일이든 지나치면 탈이 난다. 조심해야 한다.

에너지를 안배하며 수영을 즐긴다.

힘들면 동작을 천천히 하여 속도를 줄였다가 서서히 속력을 올리고를 되풀이 하면, 인체에 알맞은 운동량을 조절할 수가 있다.

수영복에 대한 에피소드(Episode)가 있다.

차량 뒤 좌석에 삼각팬티 수영복이 항상 널려 있다. 건조하기 위해서다.

출장 갈 일이 생겨 여직원이 차량 뒷문을 열자마자

"이게 뭐야, 권 선생님 바람피우는 거 아니에요. 여성팬티가 있어요?"

모두 한바탕 웃었고 놀림을 받기도 했다.

근 2년간 새벽에 수영하다가 귀ㅐ 속이 가려워 면봉으로 파다가 병원을 찾았다.

의사가 귀속을 들여다보고서 '중이염이 심하네요.'라며 수영을 그만두라고 권유했다.

한 달간 치료받고 호전된 것 같아 수영장을 찾았다가 병원에 들렀는데, 의사가 "평생을 청각장애로 살 거냐?"며 경고하였다. 어쩔 수 없이 그만둘 수밖에 없다.

그러고서 눈을 돌린 취미가 볼링이다.

아는 것이 힘이다. 비록 수영을 계속할 수는 없지만, 성취의 기쁨은 가지고 있다. 살아가는 데에 힘이 된다.

Bowling

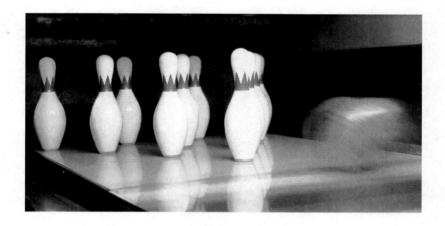

　직장 볼링동호회에 가입하고 볼링장에 도착했다. 그런데 차량 트렁크 (Trunk)에서 무거운 가방을 하나씩 꺼내어 어깨에 메고 계단을 오르는 것이었다. 볼링공이 아닌가 짐작했는데, 그랬다.

　한 직원이 볼링화를 신고 코브라 모양의 손목 보호대를 끼고서 연습 삼아 볼링공을 굴렸다. 스트라이크(Strike)라며 박수를 보냈다.

　모두들 구력이 사오년이나 되고, 애버리지(Average)가 200점 가까이 된다고 했다. 생소한 말이다.

　일 년에 나이만 한 살씩 먹었지 난 뭘 했나, '도대체 내가 할 수 있는

게 뭐가 있나?'라는 생각이 들었고 한심스러웠다.

신발, 볼링공을 빌려 동료직원을 따라 해 보았다. 핀(Pin)을 향해 굴러가야 할 공이 오른쪽 홈에 빠져 굴러가고 말았다. 창피스러워 더 치고 싶지 않았고 당장 배워야겠는 생각을 하였다.

다음날, 집 근처 볼링장을 찾았다. 거기에는 많은 사람이 와자지껄 남녀가 뒤섞여 '스트라이크 쳤다.' 10번 핀을 놓쳤다' 등등, 박수치고 서로를 격려하며 볼링게임을 즐기고 있었다.

볼링장 주인을 만나 볼링을 배워보겠노라는 의사를 전달했다. 젊은 그는, 프로(Professional) 선수생활을 했었다고 자신을 소개하며 볼링 기본지식을 말하기 시작했다.

볼링은 3게임(Game)만 쳐도 수영을 15분 한 것과 같은 운동량을 갖고 있는 유산소운동이다. 점수가 올라가는 재미를 만끽할 수 있고 쌓인 스트레스(Stress)를 해소할 수 있으며 더욱이 운동을 함께하는 사람들과 친목을 도모할 수 있는 훌륭한 스포츠(Sports)라며 볼링 예찬론을 폈다.

내 생각엔, 스포츠라기보다는 가볍게 즐기는 놀이 정도이고 운동에는 별 도움이 되지 않을 거라 여겼는데 여러 모로 보탬이 된다는 걸 알았다.

레슨(Lesson)을 받기로 하였다. 지름 22cm의 볼링공에 뚫린 3개의 구멍에 오른손 엄지손가락, 셋째손가락과 넷째손가락을 각각 집어넣고 손목을 들어 올리면 공이 손바닥 위에 올려 진다.

그다음에는, 공을 레인(Lane) 바닥에 굴리기 전에 도움받기 동작을 배운다.

공을 든 오른팔을 허리에 붙인 상태로 상체를 조금 구부리고 1스텝에서 4스텝 반을 걸어가는데 서서히 속도를 올린다.

그 사이에, 공을 든 오른 팔꿈치가 자연스레 펴지면서 뒤로 젖혔다가 아래로 내려 쭉 뻗어, 마지막 네 걸음 반을 밟는 순간에 슬라이딩하면서 볼을 앞으로 내려 굴린다.

설명을 듣고서 공을 가지고 해 보았다. 첫 술에 배부를 리가 없다. 홈 도랑에 빠지지는 않았지만, 그래도 60피트(Feet) 거리에 있는 핀 몇 개를 넘어뜨렸다. 몇 시간 동안에 터득한 소득이다. 자신이 생겼다.

다음날, 칼 퇴근을 하고 볼링장에 들어서니 프로선수들이 게임을 하고 있었다. 연속해서 스트라이크를 치고 점수판을 들여다보면서 내편 네 편 없이 서로에게 박수를 보낸다.

공을 굴리고 나오는 사람과 공을 굴리러 들어가는 사람이 질서정연하게 손 터치를 하며 격려하는 광경이다. 신사가 즐기는 종목이 볼링이 아닌가 싶다.

그들의 볼링자세는 부드러워 보였고 힘들이지 않고 편안한 동작으로 즐기는 모습이다. 얼마나 연습하면 그들처럼 잘 할 수 있을까? 의문이었다. 부러웠다.

그날은 볼링용어 설명을 해 주었다. 거터(레인의 양쪽에 있는 홈), 스페어(두 번째 공을 던져 모든 핀을 처리한 경우), 스트라이크(초구에 모든 핀을 처리하는 경우), 프레임(볼링은 한 게임당 총 10번의 기회가 있는데 이것이 프레임이다.), 더블(스트라이크가 2회 연속되는 경우), 터어키(스트라이크가 3회 연속되는 경우), 포베거(스트라이크를 4회 연속치는 경우), 레인(공이 구르는 바닥), 퍼펙트(한 게임을 모두 스트라이크로 처리한 경우)이다.

핀을 쓰러뜨리는 원리다. 첫째 줄에 1번, 둘째 줄에 2·3번, 셋째 줄 4·5·6번, 마지막 줄에는 7·8·9·10번이 갈지[之]자로 각각 세워져 있는데 위에서 보면 정삼각형이다.

볼링공이 1번과 3번 핀을 때리면, 1번은 2·4·7번을 치고 3번은 6·7번을 쳐서 넘어뜨린다. 공이 구르면서 5·8·9번을 넘어뜨리는데 모두 쓰러뜨리려면, 공이 1번과 3번 사이를 때려야 한다.

공이 구르는 레인은 딴딴한 나무를 좁다랗게 길게 켜서 여러 장을 틈새 없이 평평하게 세로로 붙이고, 그 위에 기름을 발라 만든 바닥이다. 세로로 한 장을 스파트(Spot)라 부른다.

스트라이크를 치려면, 레인 바닥 오른 쪽에서 두 번째 스파트를 목표로 던져야 하고 시선은 핀을 보지 말고 스파트 만을 보고 던지라고 가르쳤다.

볼링공은 두 종류가 있는데, 초구는 훅볼, 스페어 처리는 하드볼을 사용한다. 그리고 볼링을 제대로 즐기려면 이 두 가지 공을 구입하는 것이 옳다고 했다. 그런 것 같다. 투자 없이는 아무 것도 할 수 없다는 말이었다.

그러고서 매일같이 배운 대로 공을 굴리고 또 굴리며 자세를 잡아가며 훈련하다가 며칠이 지나 스트라이크를 쳤다. 기분이 좋았고 재미가 있었다.

볼링장에는 여러 부부가 매일같이 게임하는 모습을 보고 아내에게 볼링 배우기를 권유했다. 아내가 동의한 것이다. 그러고부터는 매일같이 다녔다.

굴린 공이 1·3번 중간을 때리면, 튀밥 튀기듯이 열 개 핀이 사방으로 '탁' 튀는 스트라이크를 쳤을 때는, 10년 묵은 스트레스가 확 풀리는 느낌이었다.

양팔에 힘을 주고 두 주먹을 불끈 쥐고서 팔꿈치를 내렸다가 들어올리는 동시 동작이 나의 세리머니(Ceremony)다. 동료들이 힘에 넘쳐흐르는 자세라며 특허를 내라고 했다.

낚시는 낚싯바늘에 걸린 물고기를 끌어올리는 손맛에 즐기지만, 볼링은 스트라이크 치는 재미를 만끽한다.

부부끼리 어울려 매일같이 치다보니 서로서로 얼굴이 익었고 애버리지가 올랐다. 볼링장 주인의 제안으로 일곱 부부 열네 명이 '레인보우(Rainbow)' 명칭으로 동우회를 결성했다. 상의를 연배 순서로 '빨주노초파남보'로 해서 입고 부부대항 또는 남녀대항 게임을 즐겼다.

크리스마스이브 날, 특별행사를 마련했다. 레인 끝 핀이 서있는 곳에만 불을 밝히고 게임을 한다. 캄캄한 바닥에서 스텝을 밟아 슬라이딩 순간에 빨간불이 번쩍거렸다. 파울라인을 밟기 일쑤였다.

수십 점을 앞서 승리하였다고 생각하며 마지막 공을 던지다가 파울라인을 밟아 승패가 갈려 벌칙으로 음식 값을 내기도 했다.

남녀가 같이 할 수 있어서 좋고 나이 들어서 즐길 수 있는 운동이어서 더더욱 좋다.

현존하는 스포츠 종목 중에서 가장 오랜 역사를 지니고 있다는 볼링! 뛰어난 취미생활의 하나이다.

야간등반

소백산

등산동호회에서 무박 2일 소백산 야간등반 계획을 세웠다. 코스는 희방사, 비로봉, 연화봉, 국망봉, 초암사를 경유하여 '배점리'로 내려오는 길고 만만치 않은 거리다.

동행할 사람을 모집하였다.

과연 해낼 수 있을까? 도중에 낙오하면 어떻게 하나, 동료들에게 어려움을 주는 것은 아닌가?'라는 걱정을 했지만, 신청했다.

김○○ 대원은 여러 차례 다닌 길이라며 많은 사람이 지원하도록 홍보를 하였고 초보자의 마음을 안심시켰다.

단장은 수數주일 전부터 다리에 힘을 비축해야 한다며 걷는 연습을 하라고 했다. 걱정 어린 말씀이다.

부푼 꿈을 가지고 전문매장에서 큼직한 배낭, 등산화, 헤드랜턴, 아이젠, 스패츠, 버프 등 등산용품을 마련하고 착용 법을 배웠다.

집에 돌아와 차려입고서 거울 앞에 서니 머리에 전구불이, 목에는 버프, 등산구두창에 아이젠, 등산화 발목에 스패츠가 덮혀진 모습이 거추장스러웠으나 등산을 할 수 있다는 생각에 마음이 설레었다.

어둑어둑한 밤, 뒷산에 오르는 연습을 했다. 달밤에 체조한다는 속담처럼 격에 맞지 않는 행동이지만 그래도 기분이 나쁘지 않았다. 도전이라는 목적이 있기 때문이다.

토요 근무를 마치고 단장이 등산장비를 챙겼다.

그런데 단장 배낭이 유난히 부피가 커 보였다. 그 안에는 로프(Rope) 등 인명장비가 들어 있었다. 짊어지니 매우 무거운 느낌이었다. 만일의 사태에 대비한 것이다. 고마웠다.

완행열차에 몸을 싣고 3시간 쯤 지나 '희방역'에 도착하자마자 바로 희방사까지 걸어 계곡 산장에서 완전군장을 꾸렸다.

선봉에 김○○ 대원을 따라 줄을 이었고 후방은 단장이 뒤따르며 가파른 언덕을 오르기 시작했다.

많은 눈이 쌓인 어두운 날씨다. 헤드랜턴 불빛에 의지해 앞 사람의 엉덩이만 보고서 한 발짝씩 움직이는데 등산화 밑창에 눈이 다져지면서 발목이 아파왔다. 다리에 힘을 주지 않으면 미끄러져 넘어지기에 십상이다.

숨이 가빠오며 힘들어 하자, "선두 천천히" 소리치며 속도를 조절했다. 갈 길은 멀고 이제 시작일 뿐인데 한숨이 저절로 나온다. 걱정이다.

겨우 1㎞ 가풀막을 올라 '깔딱 고개'에 도달한 것이다. 거기에는 싸라기눈을 동반한 세찬 바람이 '올라오느라 수고가 많았습니다.'라며 반기는 듯했다. 애를 먹었다.

흘린 땀이 식으며 추위가 느껴지자 단장이 출발하자며 다그쳤다.

능선을 따라 걷는 길은 그래도 수월하다. 그러나 이런 길만 가는 게 아니다. 큰 골짝 작은 골짝을 오르내리며 가는 길이다.

나뭇가지에 잡아매어 놓은 등산로 표시 리본이 눈[雪]에 덮이어 사람 눈[眼]에 잘 띄지 않지만, 김○○ 대원은 등산마니아답게 길을 찾아 안내하고 있다. 신기했다.

처음 대형대로 언덕진 계곡 아래로 내려가다가 미끄러지면서 줄줄이 골짝바닥에 내동댕이쳐져 사람들이 뭉치고 말았다.

"이런 재미로 야간산행을 하는 거야!" 김○○ 대원의 유머가 나왔다. 동료들은 서로 사람 등에 묻은 눈을 털어주며 한바탕 웃음을 터뜨렸다. 억지로 만들 수 없는 재밌거리다.

2시간가량 걸어 '연화봉' 정상에 도착했다. 2㎞를 온 것이다. 10분간 휴식하고 능선을 따라 비로봉으로 향했다.

이번에는 난코스를 만났다.

급경사의 산등성을 가로질러 지나가야 하는데 비탈진 바닥에는 얼음이 덮여져 있다. 아이젠을 단단히 매라는 단장의 명령이 떨어졌다.

김○○ 대원을 필두로 앞사람의 허리를 두 손으로 잡고 한 줄로 서서 송곳날이 땅바닥 얼음에 박히도록 발목에 힘을 바짝 주고서 한 발작씩 걸어 나갔다. 무난히 통과한 것이다. 아찔한 순간을 넘겼다.

반장의 배낭에 로프가 왜 들어 있는지를 알 것 같다. 낭떠러지에 미끄러져 낭패를 당하면 구조하기 위한 것이다.

4시간을 걸어 비로봉에 도착하니 10평 남짓한 막사가 보였다. 당국에서 휴식공간으로 만들어 놓은 듯하다.

출입문을 열자 훈훈한 기운이 돌았다. 들어서자마자 양○○ 대원이 "이 엄동설한에 위험한 등반을 왜 하누!"하자, 모두 서로를 쳐다보며 소리 내어 웃었다.

내가 보아도 꼴이 말이 아니다. 꼭, 걸인이 두꺼운 담요 옷을 입고 털모자를 눌러 쓰고 동냥하러 가는 모습이다.

이 광경을 찍으려고 사진기를 꺼내 들었지만, 건전지가 언 것인지 작동하지 않았다. 두고두고 볼 수 있는 추억의 사진을 담지 못해 아쉬웠다.

지금에 와서 그 사진을 본다면 '걸인 중에도 상걸인이라.'며 배꼽을 잡고 웃을 텐데 말이다.

라면으로 허기진 배를 채우기로 했다.

장갑을 벗으니 손이 곱아 배낭에서 취사도구를 꺼내기조차 어려웠고 수통 뚜껑 둘레는 말할 것도 없고 안에 물까지 깡깡 얼어붙었다.

눈[雪]을 녹여 사용할 수밖에 없다. 환경에 찌든 눈이 아니어서 다행이다.

기압이 높은 곳에서는 불이 잘 연소하지 않는다. 미지근한 물에 라면을 넣어 먹으니 네 맛도 내 맛도 아니다.

유머 잘하는 양○○ 대원이 "라면발이 불어서 들어가나 들어가서 불으나 매 한가지이니 먹읍시다."라고 말해 또 한 번 폭소가 나왔다.

그래도 맛있는 음식이었다. 어떻든 허기를 채웠으니 힘이 생긴다.

'국망봉'에 다다르자 김○○ 여성 대원의 걸음걸이가 심상치가 않다. 힘에 지친 것이다.

다행인 것은 '초암사'로 연결된 등산로는 내리막이고 정비된 길이다.

단장이 김○○ 대원을 중간에 배치하고 출발했다.

다리에 힘이 빠져 주저앉으니 자동으로 미끄러져 내려간다. 엉덩이를 썰매삼아, 그간 타지 못한 썰매를 어린 아이처럼 원 없이 탔다. 재미가 있었다.

'초암사'에 도착하니 해가 돋은 지 오래다.

지칠 대로 지친 대원들은 배낭을 대신 들어주며 '배점리'에 도착해 토종 육개장 메뉴로 점심을 먹자마자 누구나 할 것 없이 깊은 잠에 빠져들었다.

밤새도록 25㎞를 걷는 강행군을 한 것이다. 힘든 여정이었다.

세상에 어떤 일이든 용기를 내어 열심히 하면, 해내지 못할 게 없다는 진실을 배운다.

1996년에는 코스를 달리해 희방사, 연화봉, 비로봉, 단양으로 내려오는 길이다.

비로봉까지는 1992년도에 갔던 길이다. 그땐 많은 눈이 쌓여 힘들었지만 이번에는 달빛이 길을 밝혀주고 있다.

헤드랜턴 등의 장비를 착용하지 않아도 된다.

대원들이 야간산행을 몇 차례 해본지라 모두들 반 전문가가 되었다.

자유롭게 서너 명씩 조組를 짜서 가는데, 어렵지 않게 '깔딱 고개'에 올랐다.

배낭을 내리고 찬 공기를 들이마셨다가 내쉬면서 시야에 들어온 근처 산세山勢를 바라보았다.

낙엽 진 나뭇가지가 이산저산에 빈틈없이 자리한 겨울풍경을 감상할 수 있다. 어두운 밤을 밝혀 주는 달빛 덕분이다. 야간등반의 재미가 이런 데 있음 실감한다.

능선을 따라 걸었고 깊고 얕은 산골짜기를 오르내리며 '연화봉'을 경유하여 비로봉에 도착했다. 여섯 시간을 걸었다.

단장이 고사음식을 준비해 오셨다.

대원들이 차례로 종이컵에 약주를 가득 채워 바닥에 놓고 절을 올렸다. 그리고 술잔을 바윗돌에 뿌리며 등반행사가 아무 탈 없이 끝나기를 기원했다.

단양으로 내려가는 길인데, 김○○ 대원이 앞장섰다. 쉽지 않은 하산 길이다. 조심하며 단양 고수동굴에 도착하니 아침이 밝았다.

고수동굴은 임진왜란 때 한양에서 피난 온 밀양 박 씨 형제가 이곳에 정착하였는데, 키가 큰 풀 '고'자에 덤불 수풀 '수'자를 써서 '고수'라 불렀고 천연기념물로 지정되면서 '고수동굴古藪洞窟'이라 명칭하였다.

동굴 입구에는 몇 개의 상점이 있는데, '입장하려면 안전모를 쓰고 장갑을 끼고 들어갈 수 있다'며 서로 상행위를 하고 있었다.

대원들은 안전모를 빌려 배낭을 맡겨두고 가이드를 따라 동굴에 들어섰다.

수 m를 지나자 정교한 많은 기암괴석이 늘어서 있다. 마치 웅장한 지하궁전을 방불케 한다.

가이드가 설명을 하였다.

주굴 길이 600m, 지굴 길이 700m, 총 연장 1,700m, 수직 높이 50m인 이 동굴은 크게 3층 구조를 이루고 있다.

1층은 동굴입구에서 '용수골'이라 부르는데, 통로로 순환수대의 수식水蝕 흔적과 많은 침식지형을 볼 수 있고 2, 3층 '배학당, 상만물상은 공동지역으로 종유석과 종유폭포 그리고 유석경관이 화려하게 발달해 있는 곳이다.

종유석, 석순, 유석, 곡석, 석화, 동굴산호, 동굴진주, 동굴선반, 천연교, 천장용식구 등에 대해 설명해 주었으나 알아들을 수가 없다. 기본지식이 없기 때문이다.

안으로 들어가자, 10m에 달하는 대종유석이 비단폭포처럼 줄을 지어 내리뻗고 13m나 되는 종유 벽에 수많은 석순, 동굴천장에 매달린 방패석(shield), 커튼 형 종유석 등 만물상의 장관을 보았다.

세계적으로 희귀한 아라고나이트(Aragonite)는 탄산칼륨으로 이루어진 탄산염 광물을 특별히 소개해 주었다. 아름다웠다.

캄캄하고 차가운 물에 생물이 서식한다니 놀랐다.

귀뚜라미, 옆새우, 진드기, 딱정벌레 등의 동굴곤충이다. 생물이 살수 있는 한계가 어디까진지가 의아했다.

세계에서 가장 아름답다고 소문난 미국 버지니아 '루레이동굴(Luray Cavern)'과 맞먹는다고 하니, 귀한 보물을 보았다. 잊을 수 없는 추억이다.

설악산

1993년도에 대원들은 서둘러 시외버스에 올랐다. 설악산 오색약수터에 도착하니 저녁 7시, 산장에서 손수 밥을 짓고 국 끓여 저녁을 먹고서 오락대장 김○○ 대원이 기분 전환하자며 오락시간을 갖자고 했다.

방房 중앙을 기준으로 둘러앉고 각자 고유번호를 부여한 다음, 손뼉을 두 번치고 오른손 엄지손가락을 위로 치켜 편 상태로 팔을 오른 쪽으로 젖히면서 다른 사람의 번호를 외친다.

지명 받은 사람은, 모두 다같이 크게 손뼉을 두 번 침과 동시에 다른 사람의 번호를 부른다. 이를 빠르게 하면, 걸려들 수밖에 없다. 재미있는 놀이였다.

단장이 장비를 점검하고서 곧장 출발했다.

움푹 파인 골짝에 세찬 바람이 눈[雪]을 몰아넣어 발목 스패츠(Spate) 윗부분까지 차올랐다.

선두 김○○ 대원이 발자국을 내며 한 걸음 한 걸음 올라 뒤따르는 대원들이 가는 길을 수월하게 해 주었다.

2.5㎞의 거리를 힘들어 하며 걸어 설악폭포까지 가는 데 2시간은 족히 걸린 것 같다.

오랫동안 휴식하면 더 어려워질 수 있다는 단장의 말씀에, 서둘러 출발했다. 일정이 빠듯했기 때문이다.

가파른 능선을 따라 2시간 동안 꾸준히 발걸음해 대청봉 정상에 올라서니 꽤 많은 등산객이 와 있었다.

자그마한 상점에서 라면을 끓여 먹고서 세차게 불어오는 바람을 맞으며 해돋이 사진 찍느라 모두가 바빴다.

역광이긴 하지만 멋진 풍경을 감상할 수가 있었다.

멀지 않은 곳, 중청봉 소청봉을 거쳐 '봉정암'을 구경하고 백담사로 내려가는 길이다.

등산마니아 김○○ 대원을 뒤따라가는데, 곳곳에 비탈지고 미끄러운 길을 만났다.

아이젠(Eisen)을 등산화 밑창에 차고 빠져나가고 돌길을 지날 때에 헛디뎌 발목을 다칠 우려를 했지만 탈 없이 하산하였다.

대원 모두가 10㎞를 걸어 백담사에 모였다.

다 온줄 알았는데 '용대리'까지 7㎞를 더 가야 한다니 한숨이 나왔다.

얼음으로 덮혀진, 버스 한 대 지날 수 있는 길이다. 조심조심 발걸음해 '용대리'에 도착할 수가 있었다.

배가 고픈 시간이다. 식당이 보이지 않았다.

밥을 지어서 먹어야 하나 걱정하며 찾아 낸 식당은 황태구이 집이다. 배낭을 풀자마자 아침 겸 점심을 맛있게 먹었다.

힘들긴 했지만 이런 기회가 언제 또 있겠는가, 해냈다는 기쁨과 할 수 있다는 열정을 맛보는 순간이었다.

1995년에는 설악산 마등령을 다녀왔다.

정월대보름이 며칠 지난날이라 어둡지가 않았다. 눈이 내리지 않았고 춥지도 않았다. 등산하기 좋은 날씨다.

그 해는 기후가 건조했다.

정월대보름날, 경남 화왕산에서 '억새 태우기' 축제 도중에 갑자기 불어오는 바람에 불길을 피하려던 관람객이 벼랑 아래로 추락하는 사고로 인명피해가 있었다. 안타까운 일이다.

'비선대'를 출발해 한참을 걸어 올라가자 돌계단길이 나타났다. 한계단한계단 걸어서 올라가는데, 숨이 가빠지고 목구멍에 이물질이 걸린 듯, 식은땀이 나기 시작했다. 도저히 걸을 수가 없다.

돌계단에 걸터앉은 내 모습을 보고서 양○○ 대원이 "사무실에서 혹 사시킨 거 아니야?"라고 하자 같이 근무하던 대원들이 "그런 것 같다."며, 김○○ 대원을 향해 웃음이 터져 나왔다.

나의 상사관계인데 농담으로 한 말이었다.

식사하며 차가운 민속주를 마셔 배탈이 난 모양이다. 동료 대원이 걱정을 하였는데 잠시 후 괜찮아졌다. 애를 먹었다.

가파른 등산길이라 계단 폭이 좁아 발을 한 계단씩 오를 수밖에 없다. 왼발을 윗계단에 올려놓고서 오른발을 윗방향으로 힘차게 차올린다.

양어깨에 질빵 한 배낭이 상 방향으로 오르면서 몸체를 윗계단까지 올려준다.

처음에는 힘이 들었지만, 밸런스(Balance)가 맞으니 저절로 한 계단씩 올라가지는 느낌이었다.

돌계단이 끝나자 철재 데크(Deck) 계단이 이어졌다. 천천히 타이밍을 맞춰 오르고 또 올랐다. 완만한 길보다는 오르기가 힘이 든다.

"힘을 내자"는 큰 소리가 들렸다. 단장의 목소리였다. 조용히 걷다보니 드디어 마등령에 도착한 것이다.

모두들 배낭을 벗어 놓고서 고함을 내질렀다.

4km 계단을 3시간 반 동안 걸어 올라온 것이다. 힘든 등산이다.

지형이 사슴무리의 발과 유사하다고 해서 '마등령'이라 이름 하였는데, 살펴보지 못했다.

마등령에서 '오세암'까지는 능선을 따라 걷는 길이고 멀지 않은 곳이라 어렵지가 않았다. 계단 길을 오르느라 진을 뺀 것인지 배가 고팠다. 각자 가지고 온 쌀, 부식으로 버너 불에 코펠 요리를 했다.

남성 대원들이 기사도를 발휘하는데, 한 여성대원이 카레(Curry) 두 봉지를 내려놓았다. 이를 본 김○○ 대원이 "카레 요리를 어떻게 하나 많이도 갖고 왔네!" 하자 모두들 웃겼다. 직원 애愛를 다지는 시간이기도 하다.

'오세암'에서 '영사암'까지 2.5km를 힘차게 걸었고 백담사까지 4km를 내려가는 길이다.

오를 때처럼의 조 편성으로 하산하였다.

백담사에 맨 먼저 도착한 사람은 여성 대원이었다. 어떤 대원은 걸은 만큼 더 걸을 수 있다고 말했다. 남자는 이레 굶으면 죽고 여자는 열흘 굶으면 죽는다는 속담이 있다.

여성의 힘은 대단하다. 즐거운 등산이었다.

오대산

1994년도에는 오대산을 야간등반하였다.

강원도 평창 대관령 '진 고개'에 도착하였다. 단장이 지도를 펴 보이며 등산 코스를 알려 주었다.

'진 고개'를 출발해 노인봉, 낙영폭포, 만물상, 구룡폭포, 식당암, 금강사를 거쳐 관리소로 내려간다.

'노인봉'까지는 4km 오르막이다. 가장 힘든 길임을 알아들을 수 있었고 마음을 야무지게 먹었다.

다행인 것은 눈이 내리지 않아 위안이 되었다. 대신에 달빛이 없는 캄캄한 밤이다. 헤드랜턴(Head lantern)을 써야 한다.

계속되는 가풀막이다. 헤드랜턴 불빛에 의지해 왼발 한걸음 오른발 한걸음씩 걸었다. 힘에 부쳐, 한 번에 두 걸음밖에 걸을 수 없다.

오른발 한걸음 오르고 왼발을 오른발에 모으고를 되풀이하며 올라간다. 이렇게 가면, 종주할 수 있을까? 걱정이 되었다.

한 30분이 지났을까, 목소리 큰 김○○ 대원이 "선두 제자리, 휴식"

하고 외쳤다. 기분 좋게 들려오는 소리이었다.

나뭇가지를 잡고서 "오늘따라 왜 이리 힘이 들까, 휴~" 하고 가쁜 숨을 연신 내뱉었다.

심장이 쿵쾅거리며 가슴이 두방망이질 했다. 꿀맛 같은 휴식이다. 5분가량 지나자 "선두 출발"이라는 소리가 들렸다.

'천 리 길도 첫 걸음으로 시작된다.'고 한다. 모든 일에는 시작이 있음을 이르는 말이다.

수백 걸음 하여 올랐으니 시작한 지가 한참이나 지나지 않았던가! 힘을 내야 한다.

조금 더 걷자 워밍업이 된 것인지 수월해지는 느낌이다. 침묵했던 대원들이 입을 열기 시작했다.

양○○ 대원이 "캄캄한 야밤에 체력단련 하나는 제대로 하고 있다."고 외쳤다. 체력단련뿐이겠는가, 쌓인 스트레스가 풀리고 정신 수양하는 소중한 시간이다.

한두 차례 더 휴식하고 '노인봉'에 도착할 수가 있었다. 4㎞를 2시간 정도 걸은 셈이다. 한고비 넘긴 듯하다.

제사음식을 내려놓고 고사告祀를 지냈다. 엎드려 절하면서 '아무 탈 없이 마무리될 수 있도록 해 달라.'고 기원 했다. 산에 오르는 사람의 예의인 것 같다.

'노인봉'을 출발해 낙영폭포에 도달해 보니, 폭포물이 꽁꽁 얼어붙었다. 쉬지 않고 지나치기로 하고 백운대를 지나 만물상에 안착할 수 있었다.

구룡폭포로 내려가는데 단원들이 배가 고프다고 아우성을 쳤다.

마땅한 장소를 찾지 못하다가 선두 김○○ 대원이 바람이 잔잔한 평지를 지목하고 허기를 채우자고 했다.

석유 버너에 코펠을 얹고 수통 물을 넣어 끓여 라면을 먹었다. 시장기를 채우고 내려오는 길은 한결 가벼웠다.

가까운 거리에 있는 구룡폭포 '삼선암'을 지나 넓은 바위 위에는 눈이 듬성듬성 덮여진 '식당암'에 도착했다.

'식당암食堂岩·秘仙岩'은 전해 내려오는 이야기가 있다.

고려 때 신라의 마지막 왕자인 '마의태자'가 그 군사들과 밥을 먹었다고 하여 생긴 이름이다.

율곡 '이이'선생은 10여 명이 너래 반석에 앉아 밥을 먹었던 곳이다. 그 아래엔 소금강이 자리하고 있는데, 이 곳 전체를 청학동이라 불렀다는 전설이 있다. 그만큼 경치가 뛰어나고 맑다는 뜻이다.

'연화담', '십자소', '무릉계'를 지나 종착지에 도착하였다. 기분이 좋았다.

태백산

1991년 6월 8일 토요일, 시외버스를 타고 강원도 태백군 '당골광장'에 다다른 건 저녁 7시였다.

이곳은 한 차례 와 본적이 있다. 정상까지 10km가 채 안 되는 거리이고 낯설지 않은 길이다.

출발하려 하니 부슬비가 내리기 시작한다. 일회용 비옷을 구입해 입고서 밤길을 걸었다.

멀지 않은 곳에 반질반질한 언덕을 만났다.

조대 흙으로 매우 미끄러워 보였다. 선두 대원이 중간쯤 오르다가 상체가 앞으로 기울고 두 손바닥을 가파른 땅바닥에 짚은 상태로 쭈르륵 미끄러져 원위치 되고 말았다. 애를 썼지만 제자리였다. 그 광경이 우스꽝스러워 모두가 웃었다.

단장과 김○○ 대원이 배낭에서 뭔가를 꺼냈는데, 그것은 작은 접이식 삽이었다. 삽 모가지 부분에 나사를 풀어 기역자 모양을 만들어 언덕길을 가로로 사람 발걸음만큼씩 흙을 파고 얕은 계단을 만들고서야 오를 수가 있었다.

등산화 뾰족한 코를 계단에 밀어 넣고 무게중심을 잡으려니 다리가 떨렸지만, 기어오르듯이 겨우겨우 올랐다. 등산마니아는 달랐다. 장비의 중요성을 깨달았다.

그다음부터는 땅바닥이 굳은 자갈길이라 걷기가 쉬웠고 경사도 완만했다. '반재'를 지나 '망경사'까지 4km 거리를 두 시간 반 정도 걸어서 도착하였다.

배낭을 풀어 베개 삼아 누어 쉬는데, 불어오는 바람이 체온을 빼앗아 추위를 느끼자, "얼마 남지 않았다"며 출발하자고 하였다. 정상 '천제단天祭壇'은 그리 멀지 않은 곳에 있었다. 한 30분 걸은 것 같다.

'천제단' 정상에는 세찬바람이 구름과 안개를 몰고 다니며 쏜살같이 지나가기를 반복하고 있었다. 태백산 석각石刻 기둥을 붙잡고 기념사진을 찍었다.

'천제단'은 〈삼국사기〉등 옛 기록에, 부족국가 때부터 태백산을 신산으로 섬겨 제사 지내고 신라시대에는 '북악'이라 이름하고 제사를 받들었다고 한다.

일제 때는 많은 독립군이 천제를 지냈고 개천절에 제사를 지냄으로써 국가의 태평과 안정, 번영을 기원하는 제천의식의 장소로 이어진다는 역사공부까지 했다.

하산하는 길이다. '망경사'옆 넓은 막사에는 취사할 수 있는 시설이 갖추어져 있었다.

각자 가지고간 식재료로 밥을 짓고 국을 끓여 모두 둘러 앉아 맛있는 식사를 했다.

디저트(Dessert)로 양○○ 대원이 숭늉을 끓여 내려놓자마자 시시만큼 국자로 퍼가고 나중에는 코펠 손잡이를 들고 다른 그릇에 부어가자 "내가 먹을 숭늉은 없네."라고 말하자 폭소가 쏟아졌다.

내가 먹어보니 맛이 있었다. 이유가 다 있다. 남자끼리 바깥나들이하면 이런 일이 생긴다.

'당골광장' 관리사무소에 도착하니 아침시간이다. 흡족하고 즐거운 야간등반이었다.

5

주말농장

4월은 가장 잔인한 달
죽은 땅에서 라일락을 싹트게 하며
추억과 욕망을 뒤섞고 무기력한
뿌리를 봄비로 약동시킨다.
〈T.S 엘리어트〉

봄

　도시 근교에서 주말을 이용해 농작물을 재배하는 건 취미생활이다.

　수천 평의 땅을 열 평 넓이로 경계 짓고 한 사람씩 여러 사람이 분양 받아 농사한다.

　'봄날에 하루가 가을날 열흘 맞잡이', 시골 농부가 하는 말이다. 한 해 농사를 시작하는 때인 봄날은 다른 계절의 열흘과 맞먹는 중요한 시기다.

해동한 땅을 뒤집는 일이다. 거름을 흩어 뿌리고 삽으로 밭갈이 한다.

삽은 땅을 파고 흙을 뜨는데 쓰는 농기구다.

나무막대기 끝에 구면삼각형 모양의 뾰족한 삽날을 고정하고 반대쪽 막대기 끝에는 손잡이를 만들어서 일할 때, 사람 팔 힘이 효과적으로 전달될 수 있도록 만든 것이다.

작업복을 입고 허름한 등산화, 양손 장갑차림으로 일을 한다. 삽 막대기를 비스듬히 눕히고, 삽 날개에 오른발을 올려 밟고서 왼손으로 손잡이를 잡고 누르면 흙 한 삽이 실린다.

오른손 왼손으로 힘껏 들어 올려 그 자리에 뒤집어 내린다. 지상 흙은 땅속으로 땅속 흙은 위로 올라오게 된다.

표면 흙은 햇볕과 공기의 무기물과 동식물에서 생긴 유기물이 섞이어 거름기가 많다. 밭갈이는 이런 까닭에 하는 것이다.

이 동작을 계속하자 힘에 겨워 숨이 가빠져 온다. 구부렸던 허리가 아파오고 손바닥엔 물집이 생기고 팔다리가 후들거렸지만, 싫지 않은 일이다. 운동도 되지만 취미이기도 하다.

"힘들 땐, 막걸리를 한잔 들이키고 하는 법입니다."

농장 주인이 외치는 소리가 들렸다. 원두막으로 올라오라는 것이다.

여러 사람이 둘러앉아 농사짓는 이야기하며 먹는 탁주 한 잔은 꿀맛이다. 농촌에서 일하기로 치면 참(일하다가 잠시 쉬는 시간)인 것이다.

울 엄마를 따라 농사하던 생각이 난다. 그 땐, 이력이 생겨 이런 일은 거뜬히 척척해냈었다.

밭에 씨앗 넣어 고랑에 쭈그려 앉아 밭매기 하고 가을이면 도리깨로

타작한다.

논에는 못자리 만들어 볍씨 뿌리고 피(볏과의 한해살이 풀)를 솎아내어 모내기한다. 가을에는 볏단 만들어 지게 등짐으로 집 마당으로 옮겨 탈곡하고 방아 찧어 쌀로 만들기까지 힘든 일이었다. 이건 전통 농사법이다. 지금은 농사 작업이 확연히 달라졌다. 손쉬운 기법으로 발전하였다.

다시 일을 시작한다. 땅 몇 평을 뒤집고 하늘을 쳐다보니 온통 노랗고 어지럽기까지 했다. 모처럼만에 노동한 때문이다.

몇 차례 휴식 끝에 땅 뒤집기를 끝내고 골(곡식을 심을 수 있게 손질하여 놓은 두둑과 고랑)을 타서 총각무 씨앗을 넣고서 다음날 가보았다.

비둘기가 날아들어, 두 다리로 땅을 이리저리 파헤치고 씨앗을 쪼아 난장판을 만들어 놓았다.

비둘기는 행운을 가져 준다는 길조吉鳥로 알려져 있지만, 개체 수가 너무 많이 늘어 야생으로 변신해 농작물에 피해를 주고 있는 것이다.

산속 밭[田]이라 땅에 씨앗 붙이기가 쉽지 않다.

땅고르기하고 씨앗 넣는 일을 하고 있는데, 주인이 다가와 촘촘한 그물망을 건네주며 덮어씌우라는 것이다. 효과가 있었다.

상추, 고추, 가지, 오이 등 모종을 심어 놓고서 궁금해 매일같이 들리고 공휴일에는 늘 다닌다.

농장으로 향하는 짧은 시간은 상추 잎이 얼마나 넓적하게 피었을까? 오이는 얼마나 굵었나? 가지는 딸 때가 된 건가? 흐뭇한 시간이다.

꽃 내음 풍기고 사람 냄새나는 곳이다. 주말 농장하는 묘미가 있다.

여름

따가운 햇볕을 받으며 농작물이 자라는 계절이다.

'오뉴월 볕이 하루가 무섭다.' 하루가 다르게 부쩍부쩍 자라나는 것이다.

삼복더위 대낮에는 농작물이 시들시들 곯았다가 해가 저물 때에 줄기가 바로서고 이파리가 피어난다.

이때에 물주기를 하는데, 이를 알지 못하고 한낮에 물을 퍼부었다. 상추가 땡볕에 타죽고 말았다.

'경험이 없는 사람이 장사를 하면 처음에는 손해를 본다.' 주말농장 첫해의 일이었다.

이웃한 채소는 푸릇푸릇 생기가 돌고 발육 상태가 좋다. 부러운 생각이 든다.

물주기를 매일같이 한 농작물과 그렇지 않은 작물과 비교돼 보인다. 사람이나 식물이나 물 없이는 살아 갈 수가 없다. 물의 중요성을 실감한다.

이웃 밭농사하는 사람이, 은퇴하였다고 자신을 소개하면서 질문을 하였다.

"가족이 몇 명입니까?"

"네 명입니다."라고 답을 하자

"가지, 오이, 호박 등의 품종은 식구 수數만큼 심는 것인데?"라며, 10 포기씩이나 심어 놓은 밭을 바라보았다.

잎겨드랑이마다 주렁주렁 매달린 열매가, 하루 한 치(3.03cm)나 굵다랗게 자라는 듯하다.

알고 보니, 이틀만큼씩 따내야 한단다. 그렇지 않으면 껍질이 두꺼워지고 속살이 여물어 맛이 떨어진다. 우리 조상이 만들어낸 속담, '하루볕 몇 시간이 무섭다'는 말이 왜 나왔는지 알 것 같다.

매일같이 따 날라, 아파트 출입문에 놓아두니 주민들이 하나씩 집어 들고서 승강기에 오르는 모습이 보기가 좋았다. 나누어 먹는 즐거움도 있다.

장마철에 접어들어, 며칠간 비가 계속 내렸다.

고추줄기가 사람 키 높이만큼 자랐고 익지 않는 푸른 고추가 가지가지마다 수없이 열렸다.

그러고서 일주일 만에 찾아갔다. 탄저병에 걸려 잎사귀는 메말라가고 열매는 비리비리하게 줄기에 매달려 있다. 그럴 줄 알았으면 빨리 수확할 걸 그랬다.

탄저병은 농작물의 과실, 줄기, 잎에 누런 갈색의 병 무늬가 생기고 붉은 색의 분생자分生子 덩어리가 생긴다.

주말농장에서는 농약을 뿌리지 않는다. 그러다 보니 순식간에 번져 온 밭이 누런색으로 변해 간다. 안타깝다.

여름철에 더위를 피해 늘 찾는 주말농장!

싱싱하고 힘찬 기운을 보이며 자라는 농작물을 원두막에서 바라보면서 더위를 이겨내는 에너지를 가지고 돌아오는 길이 즐겁다.

가을

봄에 씨 뿌리고 여름에 관리하여 가을에 거두어들이는, 농부가 가장 좋아하는 계절이다. 결실을 보기 때문이다.

농장에서는 잎사귀와 열매를 수확하는 곡물을 많이 심는다. 수시로 채취해 반찬으로 먹기 위해서다. 여름이 지나면 밭을 비우게 된다.

이 밭에 배추와 무를 심는다. 거름을 듬뿍 넣어 땅 뒤집기하고 골을 타서 검은 비닐을 덮어씌운다. 비닐은 잡초의 생육을 차단하고 땅속

습기를 유지시켜주는 기능을 한다. 밭매기 절차가 줄어들어 수월하게 농사할 수 있다.

사람의 손 한 뼘 반 간격으로 씨앗을 넣으니 파릇파릇 돋아난다. 어린 학생이 수업시간에 식물 체험하는 듯하다.

배추는 잎이 여러 겹으로 포개져 자라고 가장자리가 물결모양으로 속은 누런 흰색, 겉은 녹색이다. 김장김치의 재료다.

무는 잎이 긴 모양으로 뿌리에서 뭉쳐나고 뿌리가 둥글고 길다. 짠지(무를 통째로 소금에 짜게 절여서 묵혀두고 먹는다), 단무지 재료이다.

물주기를 하고 벌레를 잡아주며 정성껏 재배한다.

어느덧 날씨가 추워지던 날에, 농장 주인으로부터 연락이 왔다.

"곧 날씨가 영하로 떨어질 것 같으니 무는 뽑아야 할 겁니다."

"알겠습니다."라고 답을 하고서 다음날, 황급히 무를 뽑아서 눕혀 놓고서 보니 양量이 너무 많았다. '어떻게 하지?' 행복한 고민을 하다가 떠오른 것은 움(땅을 파고 위에 거적을 얹어 겨울에 화초나 채소를 넣어 두는 곳)구덩이에 보관하는 것이다. 시골에서 하는 방식이다.

땅을 깊이 파, 구덩이를 만들어 무를 집어넣고 나무작대기를 걸친 다음에 흙을 덮어 묻는다. 봉우리 한쪽 어귀에 작은 구멍을 내어, 겨울철에 꺼낼 수 있도록 한다.

무청(무의 잎과 줄기)은 농장 원두막 천장에 줄을 치고 걸어 놓는다. 월동 준비하는 것이다.

가뭄이 심한 해[年]였다. 배추 모종을 일정한 간격으로 심고서 다음날 가보니 '고라니'가 새벽에 내려와 아침식사를 하고 지나갔다. 보드

라운 잎사귀를 뜯어 먹은 것이다. 다시 심었다. 또 뜯어 먹고 말았다.

주인이 문제점을 알아냈다. 밭 둘레에 그물망을 쳐 놓았는데, 그 전날 밭일을 마치고 마지막으로 나오는 사람이 출입문을 열어놓은 게 이유였다. 문단속을 잘못한 것이다.

모종을 몇 차례씩이나 심었으나 흉작이 들어 배추가 금값이었다.

비가 오랜 기간 내리지 않으면 좀처럼 농작물이 자라지 못하고, 우기에는 습도가 높아 열매를 맺지 못한다. 가물어도 탈, 비가 너무 많이 와도 탈이다.

풍작은 기후가 가름한다 해도 과언이 아니다.

요새는, 이상 고온현상으로 농사짓는 사람들의 걱정거리다.

감자

얼었던 땅이 녹고 찬바람이 채 가기 전에 밭고랑을 만들었다. 몇 평
쁜되지 않지만, 감자를 심어 볼 생각이다.

고랑에 거름을 듬뿍 집어넣어 파묻고 이랑(밭을 갈아 골을 타서 두두룩하
게 흙을 쌓아 만든 곳)에 비닐을 씌웠다. 두 뼘 간격으로 비닐을 뚫고서 씨
감자를 넣는다.

날씨가 쌀쌀해서인지 좀처럼 싹이 오르지 않아, 궁금해서 흙을 파

보았다. 심은 그대로다. 보름쯤 지나 싹이 올라 금세 자란다.

감자는 이른 봄에 심고, 초여름에 흰색 또는 자주색의 통꽃이 줄기 끝에 핀다. 비교적 찬 기후에서 잘 자라고 성장기간이 5개월로 짧다. 그래서 감자 농사하는 사람이 많다. 이모작(같은 땅에서 1년에 종류가 다른 농작물을 두 번 지음)할 수 있기 때문이다.

감자와 같이 주근主根을 먹는 농작물의 줄기와 잎은 뿌리를 여물게 하는 역할이다. 다시 말해 잎줄기가 부실하면 감자가 실하지 않다. 관리를 잘해야 한다.

감자 싹에 무당벌레가 날아들어 영양분을 빨아 먹어 파란 잎사귀를 잿빛으로 바꾸어 놓는다. 일일이 제거하는 수밖에 없다.

작은 땅에서 둘 양동이의 소출을 보았다. 재배하는 기쁨이 있지만, 소득의 성취감도 있다.

겨울

산책하기에 딱 좋은 날씨다. 등산화 끈을 양손으로 잡아당겨 매듭지어 신고, 캐주얼웨어 차림으로 집을 나섰다. 주말농장에 가기 위해서다.

탄천 개울녘 푸새와 나무숲은 여름에 꽃피웠던 흔적만이 남았다. 키큰 갈대와 억새 줄기꼬투리에 꽃잎, 기다란 이파리가 핼쑥하게 말랐고, 세차게 불어오는 바람에 줄기째 흔들리고 있다.

분당천 둑에는 버들강아지가 목화송이처럼 피었다가 꽃잎 져가는 풍경이 아름답다.

　율동공원 호수 둘레 길, 반 바퀴를 돌면서 눈 덮인 겨울 풍경에 매료魅了돼, 소설 '설경'의 한 장면을 연상케 한다.

　농장 언덕길을 한 걸음 한 걸음 힘겹게 걷는 발 앞에 무수히 떨어진 낙엽을 밟는 기분은 흐뭇하다. 오랜만에 느끼는 산길이다.

　농장 밭 모서리에 비닐(Vinyl)을 덮어 막사를 만들어 놓았다. 봄, 여름, 가을은 원두막에서 지냈지만, 겨울에는 이곳에서 지낸다. 많은 사람이 찾아오는 찻집 같은 보금자리다.

　그 날에도 주말 농장하는 사람들이 찾아와, 올 겨울은 날씨가 춥고 많은 눈이 내린다는데 걱정을 하며 사람 살아가는 이야기를 하다 보니 어둑어둑한 저녁 시간이다.

　집으로 오는 산책로를 따라 늘어선 가로등불과 크고 작은 교량의 불빛이 무드(mood)가 있었다.

　불어오는 찬바람을 맞고 사색하며 걷는다. 마치 어느 영화의 주인공이라도 된 것 같은 기분이다. 늦게 귀가했지만 즐거운 하루였다.

　그러고서 매일같이 걸어서 농장에 간다. 그날은 주인이 밭모퉁이 큰 엄나무에 사다리를 세워놓고 올라, 날카로운 가시가 삐죽삐죽 난 나뭇가지를 장갑 손으로 자르고 있었다.

　"안녕하십니까." 인사하니,

　주인이 반가이 맞아준다. "이걸로 요리해서 점심 먹읍시다."

　생닭에, 엄나무가지를 인삼 대신에 넣어 끓여 보신용으로 먹는데 삼계탕이나 다름없다.

평소에 친하게 지내는 사이다. 욕심 없고 밭작물을 가꾸어 나누어 먹는 마음이 후한 사람이다.

작년 늦가을에 원두막 천장에 걸어 놓았던 무청이 '얼었다 녹았다'를 되풀이 하며 말랐다. '시래기'가 된 것이다.

시래기는 무청이나 배춧잎을 새끼로 엮어 말려 보관하면서 반찬으로 요리해서 먹는 식품이다.

시래기를 걷으러 손을 대니 바싹 말라서 부서지는 것이다. 주인이 "물을 조금 뿌리고 걷어야 할 겁니다."고 했다. 물 한 모금씩 입에 넣어 '푸우, 푸우' 내뿜었다. 그런 후에야 만질 수가 있었다.

양은 얼마 되지 않는다. 마대 포대에 가지런히 넣고 아가리를 묶었다.

시래기는 비타민과 미네랄이 풍부한 웰빙(Wellbeing) 음식이다. 철분이 많아 빈혈에 좋고 칼슘(Calcium)과 식이섬유소가 함유돼 있어 콜레스테롤(Cholesterol)을 떨어뜨려 동맥경화 억제효과抑制效果가 있다고 한다.

특히 베타-카로틴(beta-carotene)은 항산화제로 눈의 간상세포에서 물체를 볼 수 있게 하고, 로돕신(Rhodopsin) 색소를 합성시켜 눈[眼]에 영양을 공급함으로 인체보호 기능을 가지고 있다. 옛날부터 즐겨 먹었던 먹거리다.

설날에는, 가을에 움 구덩이에 묻어놓은 무를 꺼내는데, 얼어붙은 봉우리 구멍자리 땅을 곡괭이로 내리찍어 분리시킨다.

뾰족한 나무작대기로 쿡 찔러 하나씩 꺼내는데 무 대가리에 파란 싹이 나 있다. 생기를 느낀다.

어느새 주말농장에 가는 생활이 삶의 일부가 됐다. 그래서 행복하다.

그저 바라보는 연습

올바른 삶의 길이란 곧 깨어있는 삶의 길을 의미한다. 어떻게 살아야 올바르게 사는 것인지에 대해 명확하게 알지 못한 상태를 무지라 하고, 무지한 상태로 살아감을 중생이라 부른다.

괴로움의 구체적인 내용은 태어나서 나이 들고 병들어 죽음에 이르기까지, 사랑하는 사람과의 이별, 미워하는 사람과의 만남, 애쓰지만 얻지 못하는 괴로움 등 직접적인 괴로움이 그것이다.

모든 변화하는 것에 대한 괴로움과 모든 형성된 것에 대해 느끼는 보다 심오한 괴로움도 있을 것이다.

이러한 괴로움의 자각과 고통에서 벗어남이 진정한 본래의 자기 모습임을 아는 것이며 깨달음으로 향하는 길이다.

'혜민'의 『멈추면 비로소 보이는 것들』에서 괴로움이라는 녀석이 내 마음 속에 들어 왔다가 나가는 것을 "그저 바라보는 연습"을 하라고 하였다.

지켜보고 있는 생각은 쉬고 있는 상태로, 그저 마음은 온전히 현재에 있는 것이다. 외부에서 들어온 괴로운 손님을 내 스스로 '괴롭다, 괴롭다.'라고 자꾸 말하면서 붙잡게 되면 감정이 변해가는 상태에서도 자꾸 괴로운 마음으로 되돌아가 그 느낌만 계속 증폭시키는 결과를 가져 올 뿐이라고 한다.

일상에서 "그저 바라보는 연습"이 숙달되어 깨달음을 얻는다면 바로 안락인 것이다. 때문에, 우리들의 삶은 본래 아름다운 삶이다.